メディアワークス文庫

ビブリア古書堂の事件手帖II
～扉子と空白の時～

三上 延

上島家 家系図

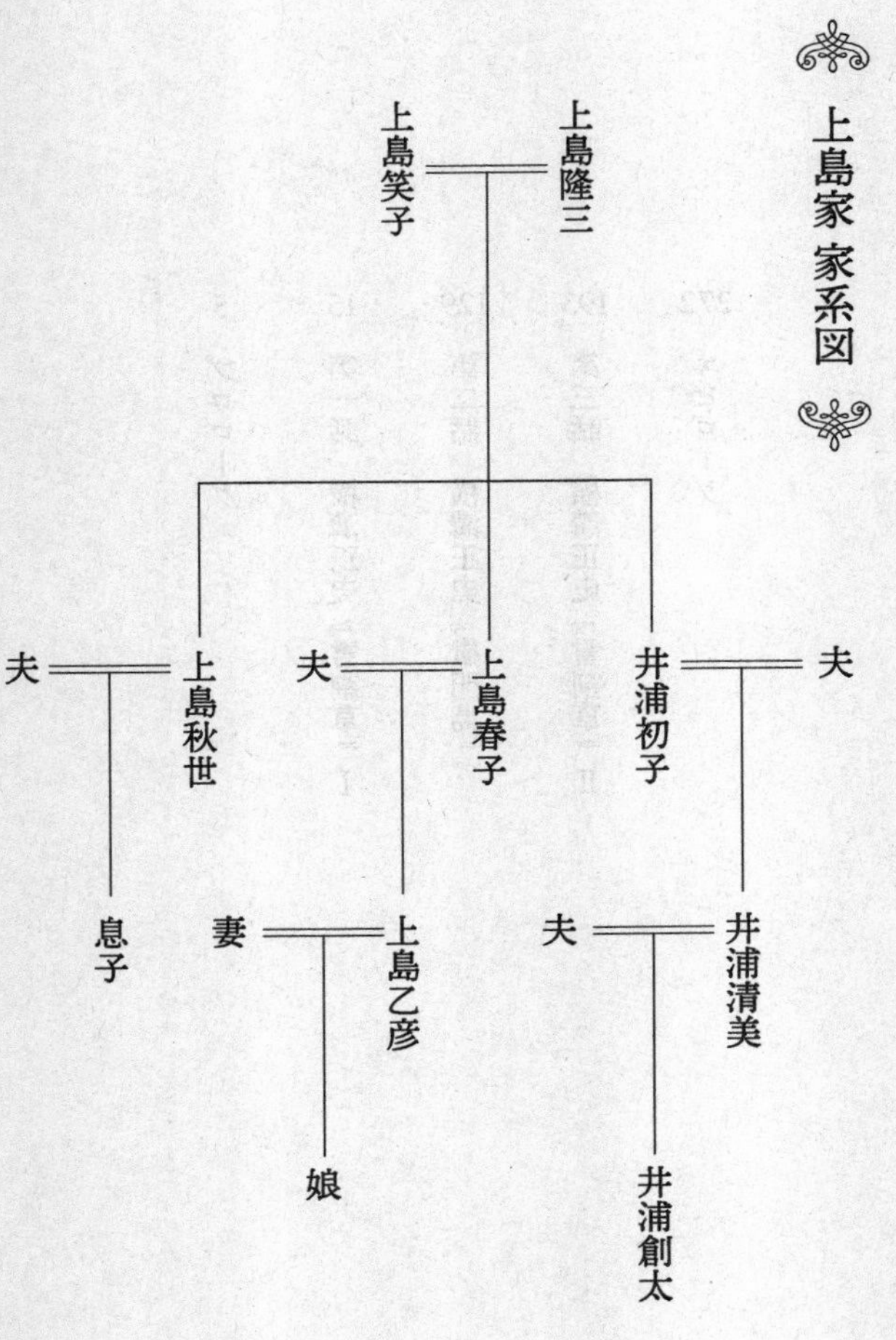

プロローグ

朝から降り注いでいた雨が止んで、大きな窓から午後の淡い日ざしが店の奥まで射してきた。距離を取って並べられたアンティークのテーブルと椅子は、壁際一面の書架に収まった古い本に囲まれている。

ここは鎌倉の由比ガ浜通り沿いにあるブックカフェだ。古民家の二階をリフォームした人気店だが、梅雨どきの平日はさすがに客も少ない。近所に住む年配の常連や物好きの観光客がまばらに座っているだけで、スタッフも手持ちぶさただった。

接客を担当している戸山圭は、書架に飾られている写真集を整える素振りで、中身を熱心にめくっている。見入っているのは筑摩書房の『ダイアン・アーバス作品集』。彼女はブックカフェのオーナーの娘だ。フロアのスタッフが急に足りなくなったと親に泣きつかれて、高校から帰宅してすぐに店へ入った。

幸運にも仕事はほとんどなく、面白そうな古書をこっそり立ち読みして時間を潰している。

圭は本が好きだ。両親も古い本を扱う仕事をしている。幼い頃から本に囲まれて育ってきた。けれども自分が本に詳しいとか、人より知識があるなどと思ったことはない。世の中には何事も上には上がいるものだからだ。

軽やかに階段を上がる足音が響いてきた。

圭が振り向くと、同じ高校の制服を着た女子生徒が現れたところだった。背中まで伸びた長い黒髪。色素の薄い透き通るような肌。太いフレームの眼鏡の奥から、黒目がちの瞳が店内を素早く見回していた。

先に来ているはずの誰かを捜している、そんな態度だった。

「……扉子？」

写真集を閉じた圭はその生徒——篠川扉子（しのかわとびらこ）に近づいていった。

「今日、来るって言ってた？」

二人は同じ高校に通う友達同士だ。扉子はよくこの店に来るし、圭の方も扉子の家へ遊びに行く。彼女は北鎌倉（きたかまくら）にあるビブリア古書堂という古書店の娘だった。

「言ってないけど、急にここで待ち合わせすることになって……圭ちゃんこそ、今日はお店に入る日だっけ」

「わたしも急に入ることになった。パートの相馬さんが急病で」

　そう言いながら奥のテーブル席に扉子を案内する。空いていれば彼女が必ず座る、お気に入りの定位置だった。

「待ってて。水持ってくる」

　配膳カウンターに戻りながら、スクールバッグと一緒に文庫本を下ろしている友達の背中を振り返った。ハヤカワ文庫ＳＦのオースン・スコット・カード『エンダーズ・シャドウ』の下巻。ここに来るまでに歩きながら読んでいたのだろう。歩き読みはやめるよう注意しているけれど、一向に聞き入れてくれない。

　扉子は本が好き――いや、好きというレベルではない。息をするように読んでいる。そして一度読んだ本の内容を決して忘れない。普通じゃないと話していてしょっちゅう思うけれど、篠川家では普通のことらしい。扉子の母親、ビブリア古書堂の店主もそういう人だ。

　圭は扉子のいるテーブルに水を運んでいった。珍しいことに本を開いていない。椅子に深く腰かけて、膝の上で両手を組んでいる。

『エンダーズ・シャドウ』はテーブルに置かれたままだ。

「注文、いつものでいい？　アイスティーフロート」

「……うん」

扉子は体を硬くして一点を凝視している。目鼻立ちの整った顔には、張りつめたような緊張が漂っていた。

「誰と待ち合わせ？」

そう尋ねながら、恋愛絡みの可能性を真っ先に除外した。圭の知る限り、扉子が本の外で異性にも同性にもそういう関心を示したことはない。第一、好きな人に会うだけにしては緊張しすぎている。これから大事な面接試験でも始まるみたいだった。

「……おばあちゃんと」

意外な答えだった。まさか身内だったとは。

「確か、大船に住んでるんだっけ」

「そっちは父方のおばあちゃん。これから会うのは、母方のおばあちゃん……篠川智恵子っていう人」

っていう人、と圭は声に出さずにつぶやいた。そういえば扉子から母方の祖母について詳しく聞いたことがない。海外で古書店を経営していて、扉子の両親がたまに手伝いに行っている、それぐらいだ。

ひょっとすると、話を避けていたのかもしれない。あまり首を突っこまない方が良そうだ。どんな人なのか気にはなるが、後で顔ぐらい見られるだろう。どうせここへ来るのだから。

「今、ドリンク持ってくる」

圭はテーブルを離れる。もう一つ、気になることがあった。テーブルには『エンダーズ・シャドウ』の他に、もう二冊文庫本が置かれていた。もちろん扉子が持ってきたものだ。

新潮(しんちょう)文庫の『マイブック―2012年の記録―』と『マイブック―2021年の記録―』。文庫本として毎年出版されているけれど、中のページには日付と曜日以外なにも印刷されていない。買った人が自分で日々の出来事を書き込んでいく、日記帳のようなものだ。

扉子がじっと見つめているのはその二冊だった。どちらも古いものだから、彼女の日記ではないはずだ。そもそも日記を付けているなんて聞いたことがない。

あれは一体なんだろう？

扉子は二冊の『マイブック』を前に考えこんでいる。

祖母からスマホに突然電話がかかってきたのは、学校から帰ってすぐのことだった。

両親は定休日を利用して箱根湯本の温泉へ一泊旅行に出かけている。

『久しぶりね、扉子』

今、日本に帰ってきているという。祖母と話すのは数年ぶりだった。母親の栞子と声はそっくりだが、なにか異質なものを内に含んでいる。祖母と話していると自分が一冊の本になって、読まれている最中のような気分になる。

『少し確認したいことがあるから、大輔くんの持っている本を見せて欲しいの。彼に頼んでみてくれる？』

唐突な頼みごとに戸惑いながら、同時に妙なことに気付いた。どうして自分の携帯の番号を知っているのだろう。ついこの前、高校の進学祝いに買ってもらったばかりなのに。

『今、用があって由比ガ浜に来ているけれど、北鎌倉に寄る時間の余裕がないのよ。あなたがよく行っている和田塚駅近くのブックカフェ、あそこに本を持ってきてくれないかしら』

電話を切ってから薄ら寒いものを感じた。

扉子がこの店によく来ていることを知っているのは限られた人たちだけだ。両親は娘のプライベートを話すような人たちではない。普段は海外にいる祖母が、どうして自分の行きつけの店まで知っているのか。

「お待たせ」

圭の声とともに、アイスティーフロートのグラスがテーブルに置かれた。

「ありがとう」

こんもりと盛られた蜂蜜入りのバニラアイスはここの名物だ。さらにガムシロップ代わりの蜂蜜をかけて、一口飲んで気を落ち着かせようとする。

圭はテーブルのそばに立ったまま、扉子の姿を見守っている。黒髪のベリーショートにきりっとした切れ長の目と太い眉。背の高さも手伝ってとても頼もしく見える。祖母と会うのが友達のいるこの店でよかったと心から思う。

「『エンダーズ・シャドウ』、面白い？」

「さっき読み終わった。傑作だったよ」

圭はうなずいた。普段なら感動したポイントをいくらでも語るところだが、今はそんな気分になれない。圭は『マイブック』の方をちらちら見ている。しばらくして決心がついたように、重い口を開いた。

「そっちの二冊は？」

扉子は音を立てないようにグラスを置いた。

「これはね……ビブリア古書堂の事件手帖」

ずっと昔からビブリア古書堂は、古い本に関するトラブルの相談に乗っているという。父はそうした事件の顛末をこの小さな本に記録している。これまでも存在には気付いていて、もちろん興味もあったけれど、中を読んだことはなかった。父の日記のようなものだから、さすがに遠慮してきたのだ。

「……どういうこと？」

「ごめん。いつか詳しく話す」

「分かった」

圭はあっさりうなずくと「また後で」と言って離れていった。事情を察してくれたようだ。そういう大人びた分別は本当に凄いと思う。

知りたがりの自分には、とても真似できない。

篠川智恵子の電話を受けてから、この二冊を読みたくてうずうずしている。

（確認したいことというのはね、二〇一二年と二〇二一年に起こった横溝正史の『雪割草』事件について）

祖母の声が頭の中にこだまする。湧き上がる疑問を抑えきれなかった。

なぜ一冊の本で二回も事件が起こったんだろう。しかも九年の歳月を隔てて。いや、一冊の本とは限らない。二冊の『雪割草』に関する別々の事件なのかも——それもおかしい。まったく無関係なら二つの事件を同時に確認する意味がない。

一体、祖母はなにを知りたがっているんだろう？

二冊の事件手帖を借りる時、もちろん父には電話して許可を取った。そばにいる母とずいぶん長い間相談している様子だったけれど、おばあちゃんの頼みを断りなさいとは言わなかった。

そして、事件手帖を読んではいけないとも言わなかった。

扉子の右手が泳ぐように二冊のマイブックへと伸びていく。

（どうせすぐに、おばあちゃんは来るだろうし）

そうしたら読むのをやめればいい。自分に言い訳をして、扉子は二〇一二年の事件手帖を手に取った。彼女の生まれた年の記録だ。

ぱらぱらめくっていくと、不意に「雪割草」という章題のようなものが目に入った。癖はあるけれど読みやすい、見慣れた父の字だった。

上島(うえしま)家の墓地は鎌倉市街を見下ろす丘の中腹にある。

その一文を目にした途端、扉子は昔の事件に引きこまれていった。目の前の本を読まないという選択肢が、篠川家の人間にあるわけもなかった。

第一話　横溝正史『雪割草』I

上島家の墓地は鎌倉市街を見下ろす丘の中腹にある。石の外柵に囲まれた広い敷地は手入れも行き届かず、あちこちから雑草も顔を出しているという。元華族たちが眠る一番端の墓に、昨日上島秋世の遺骨が納められた。そこは第二次大戦中に亡くなった彼女の夫と息子が眠っている古い墓だ。冬の終わりには白い雪割草が周りに咲くらしい。

といっても、この目で見たわけではない。すべて聞いた話だ。

先々月、上島秋世は九十二歳でこの世を去った。生前に会ったことはない。俺、篠川大輔が関わったのは、彼女の親族たち——それに、一冊の古い本だけだ。

今は二〇一二年の四月。俺が北鎌倉にあるビブリア古書堂で働き始めてから一年八ヶ月経った。就職浪人のアルバイトだった俺が、店主の栞子さんと付き合うようになり、今は結婚までしている。

これまで彼女と一緒に、古い本にまつわる様々な事件に遭遇してきた。

けれども、上島家で起こった今回の事件ほど、後味の悪さを味わったことはない。おそらくこの先もずっと俺たちの記憶に残り続けるだろう。本の謎を解くことにかけては並外れた能力を持つ栞子さんですら、完全には解決できなかった事件だからだ。

発端は十日ほど前に遡る。

＊

母屋の居間で昼食を取っていると、窓ガラスをこつこつ叩く音がした。

焼きそばを口に運んでいた俺は、はっと後ろを振り返る。窓の外に誰かいるのかと思ったが、咲きほこる山桜の枝が春の風に揺れているだけだった。

山桜は隣家の敷地にある。家主の初孫が生まれた記念に植えられたもので、ずっと大事に育てられてきた話は俺も聞いている。北鎌倉に古くから住む人たちは風流なんだな、とその時は感心したものだった。

この和室から花見はできるし、うちの敷地まで枝が張り出すぐらい些細なことだと思っていたが、窓まで届くとなるとさすがに危ない。枝を切って下さいとお願いに行くしかない。

(……行くのは俺かな)

この家で生まれ育ったのは栞子さんだが、近所付き合いは俺の方がまだ向いている。母屋から店に戻ったら、さっそく彼女に相談してみよう。

昼食を終えた俺は、空の皿を台所の流しに持っていった。洗い物をする前に、調理台の水切りラックにあるもう一人分の食器をしまうことにした。先に昼食を取った栞子さんが使ったものだ。

「おっと」

思わず声が出た。水切りラックの手前に、パラフィン紙のかかった古い文庫本がぽんと置いてある。久生十蘭『母子像・鈴木主水』。角川文庫。もちろん栞子さんの仕業だ。ここで洗い物をした後、立ったまま読み耽っていたのだろう。

初版はわりと珍しいらしい。安く手に入ったと喜んでいたので、てっきり通販の商品リストに加えると思いこんでいた。まさか自分の蔵書にしてしまうとは、まったく想像もして――いや、そうでもない。よくあることだった。

俺は『母子像・鈴木主水』を手に取る。とにかく、水道の近くから離しておこう。近くのキッチンワゴンに移そうとして、俺は苦笑いした。トマトの缶詰の隣に白い背表紙の文庫本が何冊か積み上がっている。教養文庫の『久生十蘭傑作選』。当たり前のように置かれていたので気付かなかった。栞子さんの中で唐突に春の十蘭祭りが始まったらしい。

(五浦さん……じゃなかったお義兄さん、よく聞いて)

先週、この台所で聞いた声が頭の中でこだまする。俺をお義兄さんと呼ぶのはもちろん一人しかいない。栞子さんの妹・篠川文香だ。この春高校を卒業し、大学に進学してこの家を出ていった。東京の八王子にあるキャンパスの近くで一人暮らしを始めたのだ。

引っ越す前日、彼女は特大の中華鍋いっぱいの焼きそばを作っていた。姉夫婦のための作り置きの料理で、たった今俺が食べた一皿もそうだ。焼きそばが冷凍保存できることを初めて知ったが、しっかり者の義妹から教わったのはそういう生活の知恵だけではない。ここで暮らし始めて半年、栞子さんと一緒に暮らす上での鉄則も叩きこまれてきた。

（お姉ちゃんが台所に本を持ちこんだら、その度に完全排除と厳重注意！　目を離した隙にあいつらはいくらでも増殖する！　放っておくと全てが終わるよ！）

鉄則といっても、その内容は増え続ける本から生活スペースを守ることと、崩れかねない本の山から栞子さんの安全を守ることに尽きる。

（お店の経営はお姉ちゃんに任せればたぶん大丈夫。でも母屋での生活はお義兄さんが頑張るしかない。奴は息を吸うように本を読む。いつでもどこでも本を読む……つまり相当のポンコツだ！　後は任せた！）

ポンコツとまでは思わないが、彼女の度を越した読書好きに改めて驚かされることはよくあった。怪我の後遺症で杖が手放せないのに、母屋の中では常に本を小脇に抱えている。ちなみに書名は見るたび違う。

俺とはもちろん普通に会話しているが、他人とコミュニケーションを取る以外の時間はだいたい本を開いている。階段や玄関に腰かけて読む、着替えている最中にも読む、朝起きてベッドの中でも読む。本を持ちこまないのは風呂場ぐらいのものだ。少しでも自制心が残っていることに安心する。

本人も努力しているけれども、怪我をする前から家事は不得意だったようだ。これからは栞子さんが主に店の経営を、俺が主に母屋での家事を担当することになるだろう。これまで義妹がやっていたことを俺が引き継ぐわけだ。

俺は篠川家の母屋からビブリア古書堂へ戻った。馴染みのある古い紙の匂い。店内に並ぶ書架から本が溢れ、通路にまで積まれている。入り口のガラス戸越しに狭い道路と北鎌倉駅のホームが見える。

リュックを背負った年配のグループが目立つ。東日本大震災のあった去年と比べて、今年は観光客も多いようだ。この先の円覚寺で散り際の桜を見て、鎌倉のハイキングコースを辿るのかもしれない。

「休憩終わりました」

栞子さんの背中に声をかける。彼女はカウンターの奥、積み上がった本の壁に隠れてパソコンに向かっていた。常連客の家から宅買いしてきた古書を値付けして、古書の通販サイトにアップしている。

今日は青いニットとチェックのプリーツスカートを身に着けて、長い髪をゴムで軽く縛っている。後れ毛の目立つうなじから思わず目を逸らした。これから仕事だ。

「市場に出す荷物、分けておきました」

栞子さんが言った。

「了解です」

結婚したのに敬語で会話しているとたまに笑われるが、この方がしっくり来るのだから仕方がない。

俺はレジ前の台車に積まれた本の山に目を近づける。SFやファンタジーの文庫本が中心だが、カバーのすり切れているものが多い。黒い背表紙のスティーヴン・キング『ダーク・タワー』シリーズと『コロラド・キッド』が目を惹いた。『コロラド・キッド』は珍しい非売品のはずだ。ただ、うちには在庫があるし、表紙には指の形をした油染みがくっきりついている。持ち主がジャンクフードでも食べながら読んでしまったのだろう。

古書店は買い取った本をすべて自分の店で売るとは限らない。状態が悪かったり、不得手なジャンルだったりして、売りさばくのが難しい在庫は「市場」と呼ばれる業者同士の交換会に出品して換金する。要は他の古書店に買ってもらうわけだ。

とはいえ、ただ状態の悪い雑本だけを出品しても他の業者は手を出してくれない。栞子さんは膨大な知識に裏付けられた選択眼(せんたくがん)で、高値の付く本を交ぜ込んで買い手がつく荷物を作っている。それが最近やっと俺にも分かってきた。仕事中に本を読み耽ったりすることもあるが、なんだかんだでプロの古書店主なのだ。

「大輔くん」

喉に絡んだような低い声に、背筋がぴんと伸びた。台車の前にしゃがんだまま手を止めてしまっていた。

「すぐ縛って車に積んどきます。もし、追加があったら……」

振り返った俺は口をつぐんだ。キャスター付きの椅子に座った栞子さんが、硬い表情で眼鏡越しに俺を見下ろしている。黒目の目立つ瞳に長い鼻筋。色素の薄い肌はいつもより白く見えた。

「どうかしました?」

具合でも悪いのだろうか。さっきまでそんな素振りはなかったが、そういえば少し引っかかっていることはあった。ここ二、三日、母屋で持ち歩いている本の書名が同じなのだ。読書のスピードが普段より落ちている。本以外に気掛かりなことがある時のしるしだった。

「どうというか、そうですね……なんというか……」

口の中でぼそぼそ喋(しゃべ)っていたかと思うと、突然椅子から降りて床に膝をついた。

「えっ」

何事かと思う間もなく、彼女は俺の背中に抱きついてきた。後ろから両手を首に絡めて、耳元に囁(ささや)いてくる。

「……ぎゅっとしたい気分、で」

ぞくぞくと震えが走った。彼女の息遣いや温(ぬく)もりやその他もろもろを感じる。俺は大きく深呼吸をして、彼女の小さな手に自分の手を重ねた。

「なにがあったんですか？」

普段、店でこんなことをする人ではない。母屋の中でも義理の妹がいるからと、夫婦の部屋以外でスキンシップを控えてきた。動揺するようなことが起こって、気持ちを落ち着けようとしている——それは分かっているが、急に抱きつかれたりするととても困る。俺も一応は健康な成人男子なのだ。

返事を待っていると、小さな白い紙がはらりと台車に落ちた。栞子さんの指に挟まっていたものらしい。『コロラド・キッド』の表紙の上で二つ折りのメモは半ば開いていた。栞子さんの走り書きが目に入る——「井浦清美(いうらきよみ)」「4/12」「13:30」。

俺はメモを拾いながら、壁の時計を振り返る。午後一時二十分。そして今日は四月十二日。

「……これから、井浦さんって人と会うんですか？」

栞子さんが驚いたように体を離した。俺の手にしているメモを見て、事情を察したようだった。ばつが悪そうに目を伏せた。

「はい……もうすぐ、いらっしゃいます」

いかにも答えにくそうだ。今日、来客があるという話は聞いていなかった。俺の知る限り、井浦清美という親戚や知人は彼女にいない。顧客リストでも見た記憶のない名前だ。

「お客さんですか？　買い取りの依頼、とか？」

彼女は首を横に振った。だろうな、と思った。蔵書の買い取りを頼む新規の客は珍しくない。でも、それなら俺に黙っているのは妙だ。

「お客様ではあります。ただ、買い取りではなく……トラブルのご相談で……」

栞子さんは自分の椅子に戻る。俺も近くの丸椅子を引き寄せて、彼女と向かい合った。ビブリア古書堂では古い本にまつわる相談事を創業当時から受けている。ビブリア古書堂の裏の顔みたいなものだ。もちろん、そのことを知っている人は少ない。

「その人は、どうしてうちの店に……？」

自然と俺の声も低くなる。

「最初はヒトリ書房の鹿山直美（かやまなおみ）さんに相談されたそうです。古くからのお知り合いだそうで……鹿山さんが『それならビブリア古書堂に』とおっしゃったとか」

そういうことか。鹿山直美ならうちを勧めるだろう。ちょうど一年前、ビブリア古書堂が江戸川乱歩（えどがわらんぽ）コレクションに関する依頼を受けた時に関わった人だ。栞子さんの聡明（そうめい）さをよく知っている。

「ごめんなさい。大輔くんにも話したかったんですけれど……身内の恥になることだから、絶対誰にも口外しないで欲しい、と念を押されてしまって。まずはお目にかかって、その時に許可をいただこうと思ったんですが」

栞子さんは言葉を切り、ため息（いき）をついた。

「無駄に終わりました……」

様子がおかしかった理由はこれだろう。この依頼を伏せているのが心苦しかったのだ。俺に知られた以上、もうその必要もない。

「で、どういう依頼なんです？」

遠慮なく尋ねる。彼女は軽く首をかしげた。

「本捜し、でしょうか。盗まれた本を取り返して欲しい、と……」

沈黙が流れる。本の話になると止まらないこの人にしては珍しい。俺は手元の折られたメモを見下ろした。名前や日時以外にも何か書かれているようだ。開いてみると、筆圧の強い大きな文字が目に飛びこんできた。

横溝正史『雪割草』

大事な情報だと示すように『雪割草』は何重もの丸で囲われている。どうやら横溝正史の『雪割草』という本についての依頼らしい。

「横溝正史……」

俺はつぶやいた。もちろん有名な作家だ。うちの店にも全集や文庫の在庫がある。栞子さんの書庫にも何十冊と並んでいる。俺は読んでいないが、好きでそうしているわけではない。俺には妙な「体質」があって、長時間活字が読めない。本の内容はほとんどこの人から教えてもらっている。

「まだ大輔くんとは、横溝の詳しい話をしたことがなかったですね」

俺からメモを受け取りながら、栞子さんが言った。

「どういうことを知っていますか？　横溝正史という作家について」

「金田一探偵の生みの親ですよね」

と、俺は答える。真っ先に思い出すのは名探偵の名前だ。

「古い映画とかドラマはわりと見てます。『犬神家の一族』とか『八つ墓村』、あと『悪魔の手毬唄』……だったかな。お袋が中学生ぐらいの頃にブームがあったみたいで、ＤＶＤが何枚かうちの実家にあるんです」

どれもストーリーは漠然としか憶えていないが、地方の集落にある古い一族の中で殺人事件が起こり、それを金田一探偵が解決する——といった内容だったと思う。首が切り落とされたり湖に逆さに突っこまれたり、ずいぶん派手に人が死ぬと思ったものだ。栞子さんがうなずいた。

「お義母さんが中学生の頃というと、主演は石坂浩二や古谷一行でしょうか」

「あっ、そうです。あと何年か前に稲垣吾郎が主演したドラマもいくつか見ました」

何年かに一度は金田一もののドラマや映画が作られていて、多くの俳優が金田一探偵を演じている。日本では最も知名度の高い探偵だろう。よれよれの和服と帽子というトレードマークを俺でもぱっと思い描ける。

「……金田一の孫が主人公っていうマンガもありましたよね」

きちんと読んだことはないが、トリッキーな殺人事件が起こる推理ものだったはずだ。栞子さんが苦笑する。

「あの作品は横溝正史の作品と無関係なものと考えていいかと……そもそも金田一耕助はずっと独身ですし、恋人の登場するエピソードすらありません。子孫はいない設定だと思います」

「え、そうなんですか」

俺でも有名な決めゼリフを知っている。言われてみると金田一探偵に妻子がいる感じはしない。地方の村にふらりと現れて事件の謎を解き、一人でまたどこかへふらりと去っていくような――。

「そういえば、金田一ものってホラーっぽい雰囲気ですけど、起こるのは人間の犯人がいる殺人事件ですよね。幽霊に呪い殺される、とかじゃなくて」

「そう！　そこがとても重要なんです。大輔くんはやっぱりすごいです」

突然、栞子さんが興奮したように人差し指を振った。自分が重要な指摘をした気はまったくしないが、手放しで誉められるのは嬉しい。

「横溝の金田一ものにはおどろおどろしい……怪奇的な要素はありますけれど、超常現象が起こるようなオカルト的な要素はほとんどありません。あくまで論理によって謎を解く本格推理なんです。これは初期の探偵小説……例えば、江戸川乱歩の明智ものにも同じようなことが言えますね。不可思議な事件が起こったとしても、犯人はあくまで人間なんです」

俺は目を上げて記憶を辿った。去年、乱歩コレクションについての依頼があった時、栞子さんから色々話を聞いた。名探偵・明智小五郎を生み出した作家。横溝正史の名前も話に出てきていた。

「あれ、横溝正史は江戸川乱歩と親しくしてたんですよね？　雑誌の編集者をやっていた頃、原稿を依頼することもあったって……」

「あっ、憶えててくれたんですね！」

栞子さんがにこにこ顔になった。この人に教えてもらったことをそうそう忘れたりはしない。話に熱が入ってきて、俺たちは互いに身を乗り出していた。

「横溝正史と江戸川乱歩は終生の盟友であり、ライバルでもありました。一九〇二年に神戸で生まれた横溝正史は、探偵小説を愛好する友人を通じて乱歩と親しくなり、招かれるまま二十四歳で上京し、娯楽雑誌『新青年』の編集部で働き始めるんです」

「上京する前はなにをやってたんですか？」

「神戸の生家が経営していた薬局で働いていました。もし乱歩の勧誘がなければ、探偵小説マニアの薬剤師として一生を終えていただろう、とエッセイに書いています。乱歩が横溝の人生を変えたわけです。二人を結びつけていたのは探偵小説でしたから、それが彼らの人生を変えた、と言うべきかもしれませんが」

その二人が有名な名探偵、明智小五郎と金田一耕助を生んだ。江戸川乱歩が横溝正史を上京させなかったら、金田一の方はこの世にいなかったかもしれないのだ。

「横溝はいつごろから金田一ものを書き始めたんです？」

「初めて金田一耕助が登場した『本陣殺人事件』の連載開始が一九四六年ですから、上京してから二十年後です。横溝は四十代半ばでした」

思ったよりも年齢を重ねている。ふと、俺は疑問を抱いた。

「でも、その前から作家として活動してますよね」

どう見ても戦前に出版された著書を市場で見かけたことがある。

「もちろんです。東京で編集者として働きながら探偵小説も発表し続けていましたが、本格推理ではなく耽美的、幻想的な要素の強い『変格もの』の書き手として知られていました」

「変格……どういう作品を書いてたんですか」

「代表作の一つとされている『鬼火』は、血の繋がった二人の画家の確執を描いた中編ですね。耽美的な描写が問題視されて、当局に一部削除を命じられてしまいました。〝顔のない死体〟のトリックに挑んだ『真珠郎』、そして乱歩の『陰獣』をパロディ化した『呪いの塔』など……他にも横溝は依頼に応じて様々なジャンルの小説を手がけていたんです」

「探偵小説以外も書いてたってことですか？」

「はい。有名なのは『人形佐七』シリーズをはじめとする捕物帳でしょう。探偵小説を発表する場を失った戦時中、主に捕物帳や時代小説で生計を立てていました。それに児童向けの小説も多く手がけています。どうしても金田一ものの印象が強いですけれど、それは横溝という作家の一面でしかありません。万能型のストーリーテラーで、状況に応じて多彩な作品を書きこなす高い技術と適応性を持っていたんです」

俺はうなずきながら聞き入っていた。本格推理だけの作家ではないということだ。

いつのまにか、栞子さんは手元のメモに目を落としている――横溝正史『雪割草』。

そういえば本題はこの本のことだった。

「それで、『雪割草』はどういう内容なんですか？」

そう尋ねた途端、彼女の表情が曇った。いきいきと楽しそうに語っていたこれまでとは様子が違う。

「……分かりません」

「どういうことですか？」

有名な作家の本について、彼女が「分からない」と答えるのは初めてだ。読んだことのない稀覯（きこう）本でも、内容についてはなにか知っているのに。

「『雪割草』は幻の作品なんです」

「幻の作品？」

俺はそのまま聞き返した。

「『雪割草』という題名の作品を横溝は書いていますし、数枚の草稿も見つかっています。けれどもどこで発表されたのか、あるいは未発表作品だったのかも分かりません。長編なのか短編なのかもはっきりとは……」

「ジャンルは推理ものなんですか？」

「それも謎です。現存している草稿は男女の会話する場面だけで、全体のストーリーはよく分からないんです。とにかくわたしの知る限り、『雪割草』という作品は一度も単行本化されていません」

　沈黙が流れた。俺は頭の中で話を整理する。

「ええっと、つまり……この世に存在していないはずの本が盗まれた、それを捜して欲しいって依頼されてるんですか？」

　整理してもまったく意味が分からなかった。

「はい。そういうお話でした」

　困惑した顔で栞子さんが答える。

「なにかの勘違いじゃなくて？」

　普通に考えればそうなる。例えば別の本を盗まれたか、あるいはそもそも本など盗まれていないか。

「かもしれません。でも……」

　栞子さんが続きを口にしかけた時、ガラス戸の開く音が響いた。時計を確かめると、午後一時半を少し回ったところだった。

　グレーのビジネススーツを着たショートボブの女性が店に入ってきた。ブラウンがかった髪の色は白髪染めのせいだろう。俺の母親も似たようなものを使っている。おそらく年齢は五十歳になるかならないか。人の好さそうな丸顔だが、見開かれたような大きな目には不安げな色がある。

通路にまで積まれた古書を慎重に避けて、カウンターに近づいてくる。栞子さんが杖を支えに立ち上がった。

「いらっしゃいませ」

「わたし、昨日お電話した井浦と申します」

丁寧に挨拶をした。依頼してきたのはこの人だ。振る舞いや口調に品がある。たぶん育ちがいいのだろう。

「わたしが、篠川です……その、お待ちしてました」

栞子さんがたどたどしく答える。相変わらず接客は苦手な人だ。それでも、顔を上げて正面から相手と目を合わせる。

「お話を、伺います」

*

母屋での話し合いは険悪な雰囲気で始まった。

「この件はどなたにも口外しないで下さいと、申し上げたはずですよね」

井浦清美は栞子さんに冷ややかな声で告げる。座卓に置かれた名刺には、鎌倉山の住所と設計事務所の名前が印刷されている。この人自身の家もその近所にあり、仕事を抜けてここへ来たという。

彼女は座卓越しに栞子さんを見つめたまま、襖の前で正座している俺には目もくれなかった。ちなみに俺が廊下のそばにいるのは、来店した他の客にすぐ気付けるからだ。そのために母屋と店の間のドアも開けてある。

「も、申し訳ありません……わたしのミス、です」

栞子さんが深々と頭を下げた。

「でもあの……さ、最初にお願いするつもりでした。か、彼と一緒に、話を伺いたいと……」

平手で勢いよく俺を指し示した。緊張しているのか照れているのか、俺から顔を逸らしている。

「彼は、わたしのおっ、夫で……篠川大輔といいます。とても、頼りになる人です！」

初めて井浦清美は俺に目を向けた。俺の顔を——それから両手をちらりと見る。結婚指輪を確認されたことに後から気付いた。

「ではご主人も、古い本のことにお詳しいんですね？」

「いいえ！　詳しくありません！」

栞子さんが上ずった声できっぱり答える。こういう時、手心を加えないのが栞子さんのいいところだ。複雑な気分にならないと言えば嘘（うそ）になるが、俺の方も半端なお世辞は聞きたくない。

「でも、古書についてはきちんと勉強していますし、この件の解決にも必ず力になってくれます。わたしが判断に迷った時、いつもヒントをくれるのは大輔くんなんです！　そういうところにもわたしは……」

突然、彼女は真っ赤になって口をつぐんだ。俺の背中までむずがゆくなる。「そういうところにもわたしは」なんなのか続きを知りたいが、別に今話すことでもない。後でゆっくり聞こう。

「お二人は、いつご結婚なさったの？」

井浦清美が尋ねてきた。いつのまにか表情も口調も柔らかくなっている。俺たちはちらっと視線を交わした。

「半年前、です」

栞子さんが答える。入籍は去年の秋だった。

「……いいわね。羨ましい」

依頼人はそう呟いて視線を落とす。座卓の上で組まれた彼女の手には結婚指輪がない。

「わたしたち上島の血を引く人間には、連れ合いがいないの。みんな死別したり、離婚したり……寂しい者同士なのに、互いにいがみ合ってばかり。今回のこともそうね。まるで金田一探偵が出てくる物語のよう……人が殺されるわけではないけれど」

ため息まじりに言った。「身内の恥」になる事件だと栞子さんから聞いている。この人は少なくとも親族が犯人と考えているようだ。

「横溝正史の『雪割草』という本が盗まれた……と電話で伺いましたが」

栞子さんが口を開くと、井浦清美は首を横に振った。

「今のところは、そう主張している人がいるだけ。実際に何が起こったのかは分からない……あなた方にはそれを調べていただきたいの。

今年の二月、上島家を長く取りしきっていたわたしの血縁上の伯母、上島秋世が九十二歳で亡くなった。それがすべての発端。盗まれたという本は、彼女が長年持っていたものだった……この件は遺産相続にも関係していることなのよ」

上島秋世という名前を頭に刻んだ。本の持ち主。今年九十二歳なら、横溝正史が活躍していた時代から生きていたことになる。井浦清美は一つ咳払いをした。

「順を追ってお話しした方がよさそうね……上島家は秋世の父、上島隆三が大正時代に築いた財産を、延々と守り続けることで成り立ってきた。東京の麻布にあった本宅をはじめ、いくつかあった不動産は失ったけれど、今でも由比ガ浜の家屋敷は残っているわ。遺産相続がどうなるのか、親族たちが関心を抱く程度に財産はある」

「……長谷の同業者から、お噂は耳にしたことがあります」

栞子さんが言った。最近分かってきたことだが、この人は意外に鎌倉の旧家について詳しい。古書店同士で情報交換もしているようだ。古い家から古書の出物があるからだろう。

「華族に連なるお家柄で……男爵位もお持ちだったとか」

「分家の一つで、大した権威もなかったのよ。本家からの援助もないまま事業を興して、成功しても成金と陰口を叩かれたそうだから」

まったく想像のつかない世界だった。この人は皮肉っぽく語っているが、財産も名声もない庶民とはまったく違う。確かに金田一ものに出てきそうな一族だ。

「秋世伯母さまは物静かだけれど、責任感の強い……長女の鑑のような方だった。第二次大戦後に多くの元華族が没落していく中で、それなりの生活を送ってこられたのは彼女のおかげね」

「ご結婚はなさっていたんでしょうか」

「戦前に一度だけね。ご主人やお子さんを戦争で亡くして……終戦と同時に実家へ戻ってきたそうよ。実家といっても麻布の本宅は東京大空襲で焼けてしまって、上島隆三と妻の笑子（えみこ）は別荘だった由比ガ浜の家に移っていた。老いた両親と妹たち、それに身を寄せてきた親戚の面倒で、秋世伯母さまは目が回るほど忙しかったと聞いているわ」

「上島秋世さんに、ごきょうだいは何人いらっしゃるんですか」

「彼女の下に年の離れた妹が二人。彼女たちはまだ存命よ」

俺は依頼人の話し方に引っかかった。上島秋世がこの人の伯母なら、二人の妹のうち一人は実の母親ということになる。妙に突き放した感じだ。

「そうだわ。この前、三人が一緒に写っている写真が出てきたの……とても古いものだけれど」

彼女はハンドバッグから透明のカードケースを取り出した。色あせたモノクロの写真が収まっている。

「今日、これから会ういとこに見せるつもりで持ってきたのよ。三人が一緒に写っている写真は、わたしの知る限りこの一枚だけ」

座卓に置かれた写真を、俺も膝立ちになって覗きこんだ。床の間を背にして三人の女性が正座している。中央に晴れ着姿の若い娘が二人。まだ十代に見える。この二人が妹なのだろう。

少し距離を置いて、柄のないセーターとスカートを着た地味な女性が座っている。こちらは二十代の後半ぐらい。にこやかに笑っている他の二人と違い、唇を結んだまま静かにカメラを見つめ返している。一重まぶたの細い目も、妹たちのくっきりした目元と対称的だった。

「このセーターを着た人が秋世伯母さま」

依頼人の言葉を聞きながら、俺は二人の妹たちを見つめた。鶴や牡丹の刺繍が散ったきらびやかな振袖も、綺麗に結い上げた髪もよく似ている。そして——顔までそっくりだった。

「着物のお二人は、双子ですか？」

俺は初めて口を開く。写真の娘たちと同じ、二重まぶたの大きな目がこちらを見返した。

「ええ。一卵性双生児よ。右側にいるのが初子で、わたしの母。双子の姉になるわね。

血縁上はわたしの叔母にあたる春子……この頃も今もよく似ているわ。家族のわたしでも見間違えそうになるぐらい」

失礼します、と断ってから、栞子さんが写真を手に取った。三人姉妹を丹念に眺めてから、ひっくり返して裏を確かめる。

「昭和二十三年　正月」

細い字で書かれていた。頭の中で計算すると一九四八年。今から六十四年前。その下には三人の名前があった――「上島秋世、春子、井浦初子」

「お母さま……初子さんの姓が違いますね」

栞子さんが依頼人を見る。この人と同じ井浦姓だ。

「母は生まれてすぐ、子供のいなかった上島隆三の妹夫婦に引き取られたの。それが井浦家。貿易業を営んでいたけれど、爵位なんてない平民の家よ。両家の取り決めもあって、母は戸籍上も完全に井浦家の人間になっている。上島の血を引いていても、厳密には上島家の一員とは言えない……当然、このことは今回の遺産相続にも影響を及ぼすわ」

なるほど、と俺は思った。法律上のことはよく分からないが、井浦初子には上島秋世の遺産が手に入らないというわけか。

「この写真はどこで撮影されたんでしょうか」

写真をもう一度表に返してから、栞子さんが尋ねた。

「由比ガ浜の上島家。当時、井浦家の人々は鎌倉に身を寄せていたの。終戦まで暮らしていた上海(シャンハイ)から引き揚げてきて、住むところがなかったのね。

上島家が四人、井浦家が三人、住みこみのお手伝いさんも含めて、八人が一つの家に暮らしていたそうよ。肩を寄せ合うほど狭いわけでもないのに、いさかいが絶えなかったと聞いているわ」

井浦清美は写真に手を伸ばして、初子と春子の顔を指先で軽く叩いた。

「特に犬猿の仲だったのがこの二人……この写真では笑っているけれど」

「こんなに似ているのに、仲が悪いんですか?」

俺が尋ねる。法的には従姉妹(いとこ)同士になるのだろうが、血が繋がった双子であることに変わりはない。

「性格がまったく違うから……今でも顔を合わせると必ず言い合いになる」

井浦清美は言葉を切って、古い写真に目を落とした。

「秋世伯母さまが持っていたという『雪割草』を盗んだと疑われているのは、わたしの母の初子なの……そして、母が盗んだと主張しているのが、隣に写っている春子おばさまよ」

「あれは秋世伯母さまの初七日の夜だったわ。初七日といっても、ごく内々の法要で……会食が済んだ後も、わたしと母は上島家に残っていた。少し話があると春子おばさまに引き止められて。その場にいたのは、喪主の春子おばさまと息子の乙彦（おとひこ）さん。それにわたしたち親娘と、家政婦の小柳（こやなぎ）さん。

てっきり四十九日の法要のことで、なにかわたしたちに相談があるのかと思っていた。すると、春子おばさまが突然母に食ってかかったの。あなた『雪割草』を盗んだでしょう、と。母は……少なくともわたしには、呆気（あっけ）に取（と）られたように見えた。

春子おばさまの話はこうよ。

横溝正史の『雪割草』という本を、秋世姉さんは長年大事にしていた。姉さんが亡くなったら自分のものになる。けれども、本が保管されているキャビネットは空っぽになっている。あの本の存在を知っているのは限られた親族だけ……井浦家のあなたはあの本を手に入れられないから、葬儀のどさくさに紛れて盗んだんでしょう、と」

上島家の家族関係を思い返した。上島秋世には子供がいない。となると、彼女名義の財産を相続する人間は、戸籍上の妹である上島春子だけになる。たとえ本一冊であっても、井浦初子には手に入らないわけだ。

「母ももちろん言い返したわ。そんな本のことなど憶えていないし、横溝正史なんて興味はない、ついにあなたも耄碌(もうろく)したのね……後はただの罵り合いね。『今そんな話をしなくてもいいじゃないか』と、乙彦さんが春子おばさまをたしなめて、その場はどうにか収まったわ」

「いとこの上島乙彦さんも『雪割草』の盗難が実際に起こったとお考えなんでしょうか」

栞子さんが口を挟んだ。今そんな話をしなくても、というのは、いずれは話すという意味にも取れる。

「そうかもしれない。最初にキャビネットが荒らされていると気付いたのは、乙彦さんだったそうだから。もっとも彼自身は『雪割草』を自分の目で見たことはないそうだけれど……今日これから乙彦さんと会うから、もう少し詳しく聞くつもり。本当はもっと前にそうしたかったけれど、彼、移住する準備でそれどころではなくて」

「移住、とおっしゃいますと」

「乙彦さんは今まで勤めていた旅行会社を辞めて、インドネシアにある友人の会社を手伝う予定なのよ。去年離婚もしているし、心機一転したいんじゃないかしら。亡くなる前、秋世伯母さまも応援していたわ。『この家のことは気にせず、好きなようにおやりなさい』って」

「井浦さんは、乙彦さんと親しくされているんですね」

「ええ。彼とは年も近いし、血縁上はいとこ同士だもの。離婚調停のことでも何度か相談に乗ったわ……わたしの場合、離婚したのは十年以上も前だし、子供も引き取ったから状況は違うけれど」

俺たちは曖昧にうなずいた。離婚調停という重い言葉が耳に残る。上島乙彦は独り身になったが、この人は離婚後も子供を育てていたようだ。

「警察への通報をどなたもお考えにはならなかったんですか？」

「考えなかったわ」

井浦清美はきっぱり答える。

「こんな騒ぎは上島家にとって恥にしかならない。あなた方に失礼なのは承知の上だけれど、要は古い本一冊の話でしょう。できれば内々で解決したかった……でも、この一ヶ月に起こったことと言えば、春子おばさまがたびたびうちに来て、母と言い争いをするだけで……」

うんざりしたように首を振る。それでビブリア古書堂に相談したわけだ。しかし、警察を介入させなかったことは、結果的に犯人の利益になってしまっていると思う。どういうことがあったにしても、プロが捜査すれば分かるはずだからだ。

「大きく分けて、今回の件には二つの謎があります」

栞子さんが指を二本立てた。いつのまにか普段の内気さは影をひそめている。本の話をする時の自信に満ちた彼女だった。

「まず一つは、上島家で実際にはなにが起こったのか。電話でも申し上げましたが、横溝正史の『雪割草』という著書は存在が確認されていません」

「『雪割草』という作品は一応存在しているのよね？」

「はい。ですが、本の形で出版はされていないはずの作品なんです。それがなにかの事情で存在していたのか、あるいはまったく別のものが上島家にあったのか……」

「あるいは事件そのものが狂言だったのか、そういうことでしょう？」

井浦清美が後を引き取る。この人もその可能性を頭に入れていたようだ。栞子さんがうなずいた。

「そしてもう一つの謎は『雪割草』が存在するとして、誰がどうやって盗んだのか、です。上島春子さんが井浦初子さんを犯人と考える理由も、はっきり分かりませんし……他の皆さんに、お話を伺ってもよろしいですか？」

「構わないわ。それは、依頼を受けて下さるということよね？」

「はい、もちろんです」

栞子さんが力強く応じると、依頼人の顔つきが引き締まった。

「先にお伝えしておくけれど、真相が分かったら必ず教えてちょうだい。一切の気遣いは不要よ。仮にわたしの母が犯人だったとしても……正直、母ならやりかねないと思っているから」

彼女の眉間に苦しげなしわが寄る。井浦初子が本当に『雪割草』を盗んでいた場合、この人にはそれこそ「身内の恥」になってしまう。上島家にも出入りしにくくなるはずだ。それでも解決させたいという覚悟で臨んでいる。意志の強い人だった。

「もし本が見つからなかった場合でも、きちんと調査費用をお支払いします。金額については後で相談させてちょうだい」

提案の意味は俺にも伝わった。「調査費用」には口止め料が含まれている。俺たちには不要なものだが、断るとかえって依頼人は安心できないかもしれない。

「あ、それは結構です」

栞子さんはあっさり断った。そんな簡単に言い切っていいのか？　驚いて横顔を見つめると、彼女は子供のように両目を輝かせている。どうも金以外のなにかに関心があるようだ。

「もし可能だったらの話ですが……横溝正史の『雪割草』が存在していて、無事に取り戻すことができたら、お渡しする前に少々猶予をいただけませんか？　二時間、いえ、一時間で結構です。もちろん、上島家の方に同席していただいて構いません」

「……どういうことかしら？」

質問を言い終わるのと同時に、栞子さんは即答した。

「わたしが読みたいんです」

依頼人が目を丸くする。やっぱり、と俺は天を仰いだ。横溝正史の「幻の作品」を、本の虫であるこの人が読みたがらないはずもない。たぶんこの後も俺は横溝正史の話を延々聞くことになる――まあ、それは望むところではある。

「わたしに所有権はないから、保証はできないけれど……」

井浦清美の唇に笑みが浮かぶ。栞子さんを気に入ったようだ。

「できる限りそう取り計らうわ。よろしくお願いします」

明るい声で言い、再び頭を下げた。

＊

次の定休日、俺と栞子さんは江ノ電の和田塚駅にいた。

改札を出て海のある方向に歩き出す。このまままっすぐ進めば、海浜公園と由比ガ浜の海水浴場がある。

空はよく晴れていて、海風も穏やかだった。今の季節は海岸にあまり人もいない。このままデートしたくなる春の午後だったが、これから残念ながら用事がある。上島家で『雪割草』の盗難事件について話を聞く予定だった。井浦清美はもう先に着いているという。

水色のトレンチコートを着た栞子さんは、しっかりした足取りで歩いていた。アルミの杖がこつこつと地面を叩く。彼女のリハビリも兼ねて、定休日にはこんな風に出かけることが多い。いつか杖が要らなくなる日も来ると思う。

かつては避暑地だったというこの近辺は、鎌倉の中でも人気の高いエリアだ。凝ったデザインの一戸建てが目立つ。角を曲がって細い路地を進んでいくと、栞子さんが前を指差した。

「あそこです」

突き当たりに大きな両開きの門がある。飾りの付いた鉄格子の向こうに二階建ての邸宅が見える。そこが上島家だった。古い洋館と聞いていたが、ゆるやかな勾配の屋根や板張りの壁のせいか、どことなく和風のテイストが漂っている。昭和初期に有名な建築家が設計したらしい。

そのせいか、周囲の家々とは雰囲気が違う。元男爵の住まいらしく、長い年月をくぐり抜けた風格があった。

「いかにもって感じですね。金田一探偵がやって来そうな……」

「ええ。不謹慎ですけれど、そう思わせるものがありますね」

栞子さんからは横溝正史——特に金田一ものについて色々話を聞いている。本格推理ものについてはネタバレを避けるという彼女のポリシーのおかげで、知らない作品の結末やトリックが分からず、俺の方が悶絶する羽目になった。

今日はこれから上島春子に話を聞くことになっている。上島家の双子の一人だ。

「そういえば、金田一ものってそっくりの親戚が出てくる話が多くないですか」

俺が感想を口にすると、そうですね、と栞子さんも同意した。

「一番有名なのは『犬神家の一族』でしょうけれど、他にも『病院坂の首縊りの家』、

『八つ墓村』、『悪霊島』……短編では『車井戸は何故軋る』にも。古典的なミステリーでは珍しくない要素ですが、横溝は特に多用しています。金田一もの以外でも、戦前の代表作『鬼火』はよく似たいとこ同士の確執を描く物語で……」

不意に栞子さんは押し黙った。たぶん俺と同じ疑問を抱いたのだと思う。戦前から続く元華族の一族、複雑な家族関係、いがみ合う双子の姉妹。今回の件には金田一ものを連想させる事柄が妙に多い。そこで横溝正史の本の盗難騒ぎが起こった。本当にすべて偶然なのか——誰かの意図が入りこんではいないだろうか。

門の前に着いた栞子さんがインターホンのボタンを押す。井浦清美の声が中に入るよう促した。俺が重い門を開けて、栞子さんが中に入る。石畳を通って玄関へ向かう。広々とした芝生の庭は手入れが行き届いている。植木はほとんどなかったが、隅の花壇に咲いている薄紫の花が目を惹いた。

「あれは、雪割草ですね」

栞子さんが説明してくれる。故人の好みだったのかもしれない。

上島秋世が亡くなった今、この邸宅に住んでいるのは妹の春子だけだ。その息子で、秋世の甥でもある上島乙彦はすぐ近所に住んでいるという。上島春子から話を聞いた後、彼にも話を聞きに行くことになっている。

ガラス格子のある玄関扉が開いて、ゆったりした黒いワンピースを着た老女が現れた。きつく結った白髪頭にも、わし鼻の目立つしわだらけの顔にも、あの写真の面影はまったくない。半世紀以上も経っているのだから無理もなかった。彼女はぎゅっと目を細めて俺たちを見上げる。

「初めまして……」

改まって挨拶しようとした時、扉の陰から井浦清美がひょいと顔を出した。今日も仕事を抜けてきたらしく、ビジネススーツを身に着けている。

「この人は小柳さん。古くからここで働いている家政婦さんよ」

上島春子ではなかった。そういえば家政婦がいると聞いていたが、まさかこんなに高齢だとは。

「初めまして。篠川と申します」

栞子さんは丁寧に頭を下げ、俺もそれに続いた。小柳と呼ばれた家政婦は黙って会釈する。あまり歓迎されていないのはなんとなく分かった。

俺たちは家政婦の案内で、板張りの廊下を歩いていった。屋敷の間取りは和洋折衷のスタイルになっている。和室の祭壇に焼香した後、「盗難事件」が起こった現場を栞子さんが確認することになったのだ。

「上島春子さんは、お出かけですか？」

栞子さんの質問に、前を歩く老女は答えなかった。井浦清美の説明では、若い頃は住みこみで、結婚してからは通いの家政婦として、六十年以上もここで働き続けている。力仕事が難しくなった彼女を助けるために、上島家はわざわざ他のホームヘルパーも雇っているという。

「春子おばさまは二階にいらっしゃるわよ」

井浦清美が苦笑いでフォローする。

「わたしがあなた方に助けを求めたせいで、気を悪くされたみたい。『よその人に話すことはありません』ですって」

本を盗まれた被害者にそこまで拒絶されるとは思ってもみなかった。この家の人たちはよほどこの件を外部に洩（も）らしたくないようだ。

「……こちらです」

しゃがれた声で小柳が言う。大きな南京錠（なんきんじょう）のかかった鉄の扉がある。鍵を開けている間に、井浦清美が説明する。

「ここは上島家の物置。高価な品もあるから、こうしていつも鍵がかかっているの。

中には窓もないわ」

「どなたが鍵をお持ちなんですか？」

栞子さんが家政婦に尋ねる。鍵穴にうまく鍵が入らず、かちゃかちゃと鉄の鳴る音だけが響く。どうやら少し目元が覚束ないらしい。それが止んでから、やっと答えが返ってきた。

「春子さま、乙彦さま、そして……秋世奥さまでした。他にはいらっしゃいません」

全部で三人。つまり上島家の人間だけということだ。

「今、小柳さんがお使いの鍵は？」

南京錠を外していた小柳の手が止まる。

「秋世奥さまの鍵です。お亡くなりになる前の日、わたくしに下さいました……『葬式に必要なものがあったら、物置から出してちょうだい。後のことをお願いね』と」

家族しか持っていなかった鍵をもらい受けたということは、相当に上島秋世から信頼されていたのだろう。六十年仕えていただけのことはある。

「この扉が開いていた日はありましたか？……つまり、鍵をお持ちでない方でも入れる機会があったのか、ということですが」

「秋世奥さまの告別式の日……皆さまが火葬場へ向かわれた後、一時間ほど開けておりました。ご葬儀に必要だったものを、片付けておりましたので」

彼女は毅然として答えた。長年の使用人なら告別式に列席することもできたはずだが、きっと女主人の最後の指示に応えたのだろう。必要なものを出したら片付けなければならない。

「お一人で仕事されていたんですか？」

「わたくし一人でした」

「その間、他にはどなたもいらっしゃらなかったんでしょうか？」

家政婦は答えを避けるように、壁際にある照明のスイッチを入れる。思ったより広い部屋で、確かに窓はなかった。様々な大きさの古い木箱や家具が整然と納まっていた。作り付けの棚にはガラス製のランプや陶磁器といったものも並んでいる。アンティークショップの倉庫のような雰囲気だ。

「小柳さん、その時間に誰かここに来ていたの？」

井浦清美が尋ねる。彼女も知らなかったようだ。小柳は無言で物置に入ると、青銅製らしい古びたガーデンテーブルに南京錠を置いた。曲がった背中から緊張が伝わってくる。

「来ていたなら、正直に言って……遠慮は要らないわ」

家政婦は俯いたまま動かない。やがて、唇から小さな声を絞り出した。

「初子さまが、いらっしゃいました」

しばらくの間、誰も口を利かなかった。俺たちも吸い寄せられるように物置に足を踏み入れる。

「その時の状況を、詳しく聞かせていただけますか」

栞子さんが話を促した。

「わたくしがお客さま用の椅子を運んでおりますと、四角い風呂敷包みをお持ちになった初子さまが、この物置から出ていらっしゃいました……伺ったご予定では、ご会食が始まったばかりの時刻でしたので、不思議に思って声をおかけしましたが、そのまま出て行かれて……」

井浦清美の顔が青ざめている。母親が犯人である可能性は頭にあったにしても、こんな風に証言を突きつけられるとは思っていなかったのだろう。

「今まで申し上げなかったことを、お詫びいたします……この件と関わりのない清美さまには伏せておくよう、春子さまから言われておりました」

井浦初子が犯人扱いされたことには根拠があったわけだ。少なくともここから持ち出されたものはあったらしい。それにもう一つ——どうやら俺たちの依頼人も、上島春子からは部外者として扱われている。

「待って……それは火葬場を出た後の会食よね。午後二時過ぎということ？」

　小柳が黙って同意を示した。

「おかしいわ。その時間、母は会場の料亭にいたのよ。着いてすぐに気分が悪くなって、空き部屋を借りて横になっていたの」

「その料亭はどちらですか？」

　栞子さんが尋ねる。

「八幡宮の二の鳥居のそばよ」

　ここからそう離れていない。車を使えば往復で十五分ぐらいだ。

「わたしも廊下に控えていたから、ここへ来られるはずがない……その人は、本当に母だったの？」

　なにが言いたいのかは明らかだった。瓜二つの上島春子だった可能性もあるということだ。家政婦の顔色が変わった。

「春子さまではありません。その方は細かな縞の入った、グレーの道行をお召しでした。あの日初子さまがお持ちになっていたものです」

　興奮気味の早口でまくし立てる。道行、というのは和服用のコートだ。昔、初詣で祖母が着ているのを見たことがある。寒さ対策ということだろう。

（ん？）

だとするとおかしい。午後三時頃、料亭とこの屋敷に井浦初子が二人いたことになってしまう。この人たちが嘘をついているようにも見えない。

「小柳さん」

栞子さんがゆっくりと語りかける。

「グレーの道行で判断されたということは、それ以外の髪形や服装はそっくりだったということでしょうか？」

小柳がぐっと言葉に詰まった。困惑したように両手をよじり合わせる。

「は、はい……そうです」

「確かによく似ていたわね」

井浦清美も賛同する。

「二人とも紋付きの和服で……時々わたしも分からなくなって、家紋を確かめていたぐらい」

実の娘がそう言うぐらいだから、本当に似ているのだろう。道行を着ていれば喪服の家紋も隠れるから、ますます見分けにくくなる。

「上島春子さんは道行をお召しではなかったんですか？」

栞子さんが二人に尋ねると、家政婦が首を振った。

「はい……いくら寒い日でも、喪服の上になにかを着るのは品がないから……申し訳ありません。春子さまが、そうおっしゃって」

謝罪は井浦清美に向けられていた。道行を着ていた井浦初子が下品、と言っているようなものだ。

「いいのよ。その話は知っているから。あの人たち、火葬場でもずっとそのことで罵り合っていたの。『そんな道行を着て恥ずかしくないの』だの『痩せ我慢で震えているよりマシだ』だの……そのいさかいの方がよほど恥ずかしかった」

ため息をつく井浦清美に心から同情した。火葬場で身内同士の言い争いを聞くのはいたたまれないだろう。

「お母さまが料亭で休まれている間、井浦さんは同じ部屋にいらっしゃらなかったんですね？」

栞子さんからの質問に、彼女は戸惑った様子だった。

「ええ……そばに誰かいると休めないから、一人にして欲しいと言われて……でも、私は廊下からほとんど離れなかった。乙彦さんから携帯に電話がかかってきて、一、二分部屋の前を離れたけれど、すぐに戻ったわ。母が休んでいたのもせいぜい二十分ぐらい……その後は元気になって部屋から出てきたから」

かえって不自然に感じる。具合の悪い人間がそんなに早く元気になるだろうか。まるでわざと一人きりの時間を作ったようだ。それに、二十分あればこの屋敷と料亭をタクシーで往復できる。

「その空き部屋に窓はありました？」

「庭に面した外開きの窓があったわ。換気のために開けたけれど、あそこから出入りはできないはずよ。これぐらいしか開かなかったから」

井浦清美は野球ボールを握れるぐらいに指を広げた。窓からの出入りは確かに難しそうだが、この人が廊下を離れた隙を狙えば出られる——。

考えこんでいた俺は、ふと視界の端で動くものに気付いた。物置の外を振り返ると、廊下の端で人影がすっと隠れるところだった。誰かに立ち聞きされている。二階にこもっているはずの上島春子かもしれない。そんなに気になるなら、普通に俺たちと話をしてくれればいいのに。

「小柳さん、こちらですれ違った方がお持ちの風呂敷包みは、どれぐらいの大きさでしたか？」

栞子さんは家政婦に向き直って言った。

「……このくらい、でしょうか。薄いものでした」

小柳は両手で四角を作る。大判の雑誌と同じぐらいのサイズだった。

「ずいぶん大きいのね」

井浦清美が俺と同じ感想を口にする。

「『雪割草』はそういう本ですから」

なるほど、そういう本――ん？　俺たちは一斉に小柳を見る。

「小柳さん！　『雪割草』をご覧になったことがあるんですね？」

栞子さんの声のトーンが跳ね上がった。家政婦がおろおろと視線をさまよわせる。しらを切るのはあまり得意ではなさそうだ。

「い、いえ……わたくしは……」

「部外者でしかない、初対面のわたしたちを警戒されるお気持ちは分かります」

栞子さんが顔を寄せると、家政婦はそれにつれて後ずさりした。

「けれどもこのままでは、上島秋世さんが大切になさっていたご本がどうなるか……もし第三者に売られてしまっていたら、取り戻すのが難しくなります。最悪の場合、行方が分からなくなるかもしれません……どうか、ご存じのことを教えて下さい」

部屋の中が静まり返った。横溝正史の「幻の本」を読みたい、という欲求もかなり混じっていたと思うが、栞子さんの真剣な語りかけは相手の胸に響いたようだった。小柳はやがて目を上げて、ゆっくりと語り始めた。

「あの本は確かに、秋世奥さまのかけがえのない宝物でした……亡くなったご主人さまとの、思い出の品だったのです。わたくしも表紙を見ただけで、読んではおりません。内容が小説らしいことは薄々分かっておりましたが、作者の名前も最近まで知りませんでした」

「上島秋世さんは横溝正史の作品をお読みになっていたんですか」

「女学生の頃は読書が趣味だったと伺っていますが、探偵小説をお好みではなかったはずです。当時のご蔵書の中にそういったものは一冊もありません」

「ご結婚されてから読まれるようになったということは……」

「そこまでは存じませんが、この屋敷にお戻りになってからは、小説の本をお求めになることもありませんでした。たまに新聞小説に目を通されていたぐらいです」

推理もの以前にあまり小説を読まない人だったらしい。家政婦はさらに続ける。

「そんな秋世さまが唯一大切にされていたのが『雪割草』でした。あの本に決して触れてはならない……お優しい秋世奥さまが、この上島家で唯一、皆さまに課していた決まりでした」

「終戦直後、こちらに同居されていた井浦初子さんも、その決まりをご存じだったのでしょうか」

栞子さんの質問に、小柳は一瞬眉をひそめる。

「……そのはずです」

返事に少し間が空いた。あまり思い出したくないことがあるようだ。

「『雪割草』は人目を惹く、美しい本です。硬い表紙に薄紫の布が張られていて、題名だけが金糸で刺繍されていました。この世に一冊しかない、ご主人さまのお手製だったのです」

「それは自装本……上島秋世さんのご主人が装釘（そうてい）された本、ということですよね」

自装本については一応は俺も知っている。材料を揃（そろ）えて自分で本作りを楽しむ趣味があり、そういう本がたまにうちの店にも持ちこまれる。要は出版社から刊行されたものではなかったわけだ。一冊しかないものなら、古書市場に出てくるわけもない。

「本の中身……『雪割草』の原稿を、ご主人はどちらで入手されたんでしょうか？」

問題はそこだった。仮にどこかで発表されたとしても、これまでまったく見つかっていなかった作品だ。

「それは、わたくしにも分かりかねます……ご主人さまが探偵小説をお好みだったとは伺っておりません」

夫妻の思い出の品らしいことは分かるが、『雪割草』と二人の接点がまったく見えない。一体、どこで横溝正史の小説に出会うんだろう?

「ご主人さまは本だけではなく、ちょっとした日用品から大きな家具まで、なんでもご自分でお作りになっていたそうです。時計作りをお仕事にされていたせいか、大変お器用な方だったとか」

つまり時計職人ということか。ふと、疑問が頭をよぎった。上島家は華族の家柄だったと聞いている。昔のことはよく分からないが、そんな家の長女と職人の結婚はよくあることだったのだろうか。

まるでそれに答えるように、家政婦は話を続けた。

「秋世奥さまが生涯でたった一度、ご自分の意志を通されたのがご結婚でした。大旦那さま……上島隆三さまは婿を取って上島家を継がせるおつもりでした。けれども秋世奥さまは、麻布の本宅へ時計の修理にいらした職人の男性と、互いに思いを寄せられて……かろうじて勘当だけは免れましたが、駆け落ち同然で東京を離れられたのです。向かわれた先はご主人さまの親戚がお住まいだった新潟でした」

「新潟……」

俺の隣で栞子さんがぽつりとつぶやいた。地名が気になるらしい。

「やがてアメリカとの戦争が始まりましたが、坊ちゃまもお生まれになり、しばらくはご家族三人の静かな日々が続いたそうです。『雪割草』もその頃にご主人さまが奥さまに贈られたものだとか。けれども戦況が悪くなり……出征されたご主人さまは戦死され、坊ちゃまもご自宅ごと終戦直前の空襲で亡くされたのです。

炎の中から運び出せたのは、煙にまかれた坊ちゃまのお亡骸(なきがら)と、『雪割草』一冊だけ……わたくし、秋世奥さまがこの屋敷の玄関に立たれた日のことを、昨日のことのように憶えております。坊ちゃまのお骨が入った小さな壺(つぼ)と、古布にくるまれた大きな本だけをしっかり胸に抱いていらっしゃいました。

その時、十五だったわたくしは、東京大空襲で両親と姉を失って、伝手(つて)を頼ってこちらで働き始めたばかりでした。学問もなく、仕事もできなかったわたくしに、秋世奥さまは色々なことを根気よく教えて下さいました……夜中、心細さに泣いているわたくしを、優しく抱きしめて下さったこともありました。奥さまの方がよほどお辛(つら)かったはずなのに……」

こらえきれなくなったように、背中を丸めてむせび泣いた。この人にとっては姉のような存在だったのだ。俺はガーデンテーブルのそばにあった青銅製らしい椅子を勧めた。テーブルと同じ薔薇の模様があしらわれている。テーブルとセットになっているようだ。やがて家政婦はハンカチで涙を拭いて、座ったまま話を継いだ。

「失礼いたしました……『雪割草』のお話でしたね。秋世奥さまはあの本をご自分の部屋に飾られて、夜になるとお手にとってご家族を偲ばれていたようです」

「最初からこちらの物置にあったわけではなかったんですか？」

と、栞子さん。

「はい。置き場所が変わったのは、ある出来事があったからです……。あれは戦争が終わって三年ほど後、井浦家の皆さまもお住まいで、このお屋敷が一番賑やかな頃でした。その頃、このイギリス製のガーデンテーブルがお庭に置かれていたのですが、わたくしが二階の掃除をしようと窓を開けると、そこで『雪割草』をお読みになっている方がいらしたのです……」

俺は南京錠の載った古いガーデンテーブルと椅子を眺めた。イギリス製。きっとかなり価値があるのだろう。広い芝生の庭にはよく似合いそうだ。

「どなたがお読みになっていたんですか？」

「初子さま……いえ、春子さまだったかもしれません。学校からお帰りになったばかりで、セーラー服をお召しでした」

迷いながら家政婦は言った。まさかここでも双子の見分けが問題になるとは。

「お二人のどちらでもありうる、ということですね？」

栞子さんが念を押した。

「おっしゃる通りです。当時、お二人とも同じ中学校に通っていらっしゃいました。遠目でしたし、お顔もはっきり見えなかったので……とにかく、わたくしは『雪割草』が持ち出されていることに驚いておりました。きちんと秋世奥さまにお許しを得たのだろうか、と……。

案の定、秋世奥さまが庭に出てこられて、大きな声でその方をお叱りになりました。奥さまがお怒りになる姿を見たのは、その時だけでございます。以来、『雪割草』はあちらのキャビネットに移されました。この六十年間、秋世奥さまを除いて、あの本を読まれた方はいらっしゃらなかったはずです」

立ち上がった小柳が、物置の隅に俺たちを案内する。錆(さび)の浮いた大きな鉄の箱が置かれている。金具で床に固定されていて、細めに開いた扉にはダイヤル錠がある。キャビネットというより金庫のような造りだ。これもかなり古いもののようだった。

「上島秋世さんが、ダイヤルの番号を管理されていたんですね」

「はい。奥さまだけが番号をご存じでした。お亡くなりになる前、春子さまに引き継がれたようですが……」

数字の刻まれたダイヤル錠に壊された跡は見当たらなかった。とはいえ、単純な組み合わせなら総当たりで開けられるかもしれない。

俺と栞子さんは扉を開けて中を覗きこむ。今はなにも入っていない。ただ、大判の本が十分に収まるゆとりはあった。

「『雪割草』以外のものは入っていなかったんでしょうか」

「一時期は土地の権利書なども収められていたようですが、今はそういったものは貸金庫に預けられていると思います」

つまり『雪割草』以外に盗まれたものはないということだ。栞子さんが納得したようにうなずき、家政婦の方を振り返った。

「雪割草のことですが、大きさはこれぐらいとおっしゃっていましたね」

そう言って片手の指で四角を作る。小柳は黙ってうなずいた。

「……読む時は横向きに置いて、縦にめくる本ではありませんでしたか？」

と、下から上にページをめくるしぐさをする。壁掛けのカレンダーをめくるような感じだ。本文がどういう体裁になっているのか、うまく想像できなかった。ぽかんとしていた小柳の顔に、みるみるうちに驚きが広がっていく。

「そ、そうです……おっしゃる通りでした。お庭のテーブルでお読みになっていた方も、本を横向きにして、手前から奥にページを……なぜ、ご存じなのですか？」

俺も知りたい。栞子さんが例によって並外れた洞察力を発揮したこと以外、まったく分からなかった。

「それは『雪割草』が……」

説明が始まった瞬間、物置の入り口の方で床の軋む音がした。その場にいた四人が一斉に振り返る。廊下から年配の女性がこちらを覗きこんでいる。鮮やかな赤いジャケットに緑色のパンツ。黄色いニットの帽子とストールで寒さを防いでいる。原色が好みのようだ。長い髪は真っ白だったが、大きく瞠った目元にはあの古い写真の面影が残っている。

さっきから俺たちの様子を窺っていたのはこの人だ。この屋敷に住んでいる上島家の住人。

「お邪魔して……」

栞子さんと俺が挨拶しようとした時、

「お母さん！」

「初子さま！」

他の二人が同時に声を上げる。上島春子ではなかった——双子のもう一人。

「見つかってしまったわね。こんにちは、皆さん」

井浦初子は片頬を上げて笑い、よく通る低い声で挨拶をした。


「お母さんがどうしてここにいるの？」

井浦清美が尋ねると、母親は俺たちに顎をしゃくってみせた。

「あなたがこの人たちをこのうちに呼んだからよ」

部外者をどう思っているかがよく分かるしぐさだった。依頼人が決まりが悪そうに顔を赤くする。

「春子さんや小柳さんに勝手な嘘を吹きこまれたらたまらないわ。裁判にだって被告人に反対弁論をする権利があるでしょう？」

「わたくしは嘘など申し上げておりません」

家政婦が気色ばんだ。

「告別式の日、この物置から出てこられた方は、初子さまの道行をお召しでした……間違いありません」

「そんなもの春子さんが用意したに決まっているわ。小柳さん、あなただいぶ目が悪くなっているでしょう？　さっきもここの鍵を開けるのに手間取っていたじゃない。春子さんはそれも勘定に入れて、わたしになりすまして罪に陥れようとしているのよ。あの人はわたしを貶めるためならなんだってやる……あなたたちだってそれぐらいは認めるはずよ」

今度は誰からも異論が出なかった。上島春子とは本当に険悪な間柄らしい。そして、南京錠を開けた時から見ていたということは、最初からずっと俺たちの話を盗み聞きしていたわけだ。

「わたしにはアリバイもある。小柳さんがここで犯人を目撃した時間、確かに料亭にいたんだから。わたしが休んでいる部屋の外には清美がいたのよ」

井浦初子は娘も顎で指し示す。飼い犬の話でもするような態度だ。部外者だけではなく、実の娘ですら軽んじているのかもしれない。

（寂しい者同士なのに、互いにいがみ合ってばかり）

依頼を受けた時に聞いた言葉が蘇ってくる。

「でも、清美さんは電話で部屋の前から離れたんですよね」

栞子さんが黙っているので、つい俺が口を挟んだ。井浦初子の笑いじわが深くなった。

「離れたのは一度だけ、ほんの数分よ。部屋を出られたとしても、見つからないように戻ることはできないわ。まさか、わたしの娘も共犯と考えているんじゃないでしょうね？」

返す言葉もなかった。確かに娘の協力がなければ、この人にここと料亭の行き来はできない。もし井浦清美が共犯だとしたら、わざわざ俺たちに本捜しを依頼するわけがない。

ただ、同時に不自然さも感じた。反論の筋道が妙に通りすぎている。料亭で突然具合が悪くなったことも含めて、あらかじめ疑われると分かっていたかのようだ。

「初子さんは、『雪割草』をお読みになったことはありますか？」

栞子さんがようやく質問を発した。

「憶えてないわねえ」

半目になって軽く頭を振る。茶化されている気分だった。読んでいない、と否定はしていない。

「秋世お姉さんが大事にしていた本ってことは記憶にあるわよ。さっき小柳さんが言っていたように、縦にめくる本だったたってこともね。でも中身のことはさっぱり……

そもそもね、わたしは横溝正史なんて興味ないの。日本の探偵小説なんて嫌いなのよ。面白くないから」

軽い調子で言い捨てた。杖を握る栞子さんの手がぴくっと震える。彼女は一度目を閉じて大きく息を吸った。気を鎮めようとしているのが俺には分かる。

「……海外の探偵小説はお好きなんですか？」

「ええ。もちろん」

井浦初子は打てば響くように答える。

「わたしは十代の頃からミステリーに親しんでいたのよ。クリスティ、クイーン、ヴァン・ダイン……もちろん原書でね。上海の租界で育ったから、英語にも抵抗がなかった。クリスティに憧れて、英語で小説を書こうとしたこともあるくらい……わたしに言わせれば、日本の探偵作家は駄目。しょせんは彼らの物真似（ものまね）だもの」

「今挙げられた英米の作家たちも、エドガー・アラン・ポーやコナン・ドイルの影響を受けていますが？」

栞子さんの声が低くなった。もちろん、この人は海外だけではなく、日本の探偵小説も愛読している。

「でも、英米の作家の方がオリジナルに近いでしょう。ミステリーのドラマや映画だってそうよ。海外のものを読んだり見たりしてしまうと、日本のものはどうしてもレベルが低いわ」

眼鏡の奥で栞子さんの両目が見開かれた。まずいな、と俺は思った。ジャンルごと雑に否定されるのは、マニアにとって一番許せない態度だ。こんなところで口論を始めさせるわけにはいかない。

「ミステリー好きなら、トリックにも詳しいですよね？　例えばアリバイを作ったりとか」

俺は声を張った。栞子さんの様子を窺うと、我に返った様子だった。

「それは、まあ……否定はしないわ」

しぶしぶといった調子で井浦初子が認めた。

「でも、それを言ったら乙彦だってそうよ。あの子、横溝正史の大ファンで、自分の書斎に何百冊も並べているんだから。近頃ではオタク、と言うのかしら。あれじゃ奥さんに愛想を尽かされても仕方ないわ」

乙彦は上島春子の息子だ。横溝正史のファンという話は初耳だった。

「母さん、やめて」

たしなめられても、井浦初子の暴言は止まらなかった。

「横溝正史に興味のないわたしと違って、乙彦には動機があるんじゃないかしら？」

「馬鹿なこと言わないで。乙彦さんは盗みを働くような人じゃないわ。第一、彼は上島家の人よ。自分の家のものを盗むわけがないでしょう」

井浦初子は実の娘に探るような目を向けた。

「あなた、最近特に乙彦と仲がいいものね……でも、わたしや創太のことも少しは考えてちょうだい」

「一体なんの話？　創太がどうしたのよ」

創太というのは息子の名前らしい。そういえば、離婚した時に子供を引き取ったと話していた。

「あなたが離婚した時だって、わたしたちは恥をかかされているのよ。これで万が一、あなたが乙彦と再婚するようなことがあったら……」

「いい加減にして！」

うんざりしたように井浦清美が叫んだ。

「乙彦さんとはただのいとこ同士だって、何回言わせれば気が済むの？　そういう勘繰りはわたしにも、乙彦さんにも迷惑だわ。いい年をしてみっともない！」

彼女は怒りに体を震わせる。しかし、注意された母親は顔を背けただけで、悪びれた様子も見せなかった。

「……井浦初子さん」

栞子さんが声をかけた。もう冷静さを取り戻している。

「例えば、弁護士への相談をお考えになったことは？」

「ないわねえ。どうして？」

「上島春子さんから、盗難事件の犯人として非難され続けているわけですよね。わたしたちでなくても、第三者に仲裁してもらう方が、解決しやすいと思うのですが」

「嫌よ、それこそみっともない」

大げさに顔をしかめた。

「春子さんが恥をかくのも気の毒でしょう。あの人とも長い付き合いだもの。こちらが我慢していれば、どうせいつかはこんな言いがかりもやめるわ」

それらしく聞こえるが、どうも納得がいかなかった。この人の言葉をそのまま受け取る気にはなれない。

「質問はそれだけ？」

「もう一つあります」

栞子さんが人差し指を立てる。俺はなんとなく息を詰めた。たぶんここからが本題だ。

「告別式の日、どうして春子さんと髪形まで同じだったんでしょうか」

「え？」

相手は虚を突かれた様子だった。栞子さんが続ける。

「喪服はどれも似たような形ですし、ご葬儀にふさわしい髪形も限られてはいますが、その中でも多少の選択肢はあるはずです。家紋で見分けなければならないほど似ていらしたのは、偶然にしても度が過ぎています」

俺は数年前にあった祖母の葬式を思い出していた。年配の男性は後ろ姿だけで見分けにくい人たちもいたが、女性の場合そんなことはなかった。たぶん髪形の違いが大きい。長さや色にバリエーションが多いのだ。

普通は完全に一致することはない——誰かが誰かを真似ない限りは。

「……なんだ、そんなこと」

井浦初子は少し間を置いて答える。

「わたしではなく、春子さんに聞いたら？　あの人、秋世姉さんの亡くなる前の日、美容院へ髪を切りに行っているから。ちょうどわたしと同じくらいまでね」

と、うなじで結んだ白髪を揺らす。上島春子が自分を真似たと言いたいようだ。

「そちらの尋問も終わりのようね。わたしは帰るわ。ここまで来るのにくたびれてしまったから」

大げさに口元を隠してあくびをすると、俺たちに背を向ける。廊下を歩く足取りが少し頼りなかった。テンション高く見せているが、本当に疲れているのかもしれない。

「申し訳ないけれど、母を車で送っていくわ。このところ気が昂ぶって、あまり眠れていないみたいで……二、三十分で戻ってくるから」

井浦清美が小走りで後を追った。つくづく母親に振り回されている人だ。たった今、暴言を浴びせられたばかりなのに。

ふと隣を見ると、栞子さんも依頼人の後ろ姿を凝視している。この人も実の母親に複雑な感情を抱えている。自分自身と重ね合わせているのかもしれない。

突然、玄関の方から誰かの大声が響いてきた。井浦初子が誰かになにか叫んでいる。

「こちらで少々お待ち下さい」

家政婦の小柳が急ぎ足で玄関へ向かう。待てと言われても放ってはおけない。俺と栞子さんも後に続いた。

玄関の扉を背にした井浦初子が、廊下に立っている女性と睨み合っている。細い縞の入った紺色の和服を着て、真っ白い髪をきっちりまとめたその人は、井浦初子とそつくりの顔をしていた。二階に籠もるのをやめたようだ。

「初子さん、誰に断ってこの家に上がり込んでいるんですか?」

上島春子は冷ややかに双子の姉を見下ろしている。もちろん、言われた方も負けてはいなかった。

「無実の人間を泥棒呼ばわりする頭のおかしい人がいるから、仕方なく釈明に来ただけよ……すぐに帰るから安心して。あなたの顔なんて見たくもないわ」

「嘘つきはあなたの方じゃありませんか。帰るのは結構ですけれど、一刻も早く本を返して下さいね。それと、次に来る時はそのチンドン屋みたいな格好もやめて下さる? ご近所に恥ずかしいですから」

「あなたは早く病院に行って、頭のお薬でも出してもらったら? 他人のファッションにけちをつける前に、その暖簾(のれん)みたいな色のお着物、鏡でよく見てごらんなさいよ。貧乏旅館の仲居かと思ったわ」

聞いているうちに頭が混乱してきた。二人ともまったく同じ声なのだ。まるで一人二役で罵り合っているようだ。

「春子おばさま、申し訳ありません。母が勝手にお邪魔してしまって」

醜い言い争いを止めたのは井浦清美だった。

「三十分ほどで戻ってきますから、わたしの口からご説明させて下さい……母さん、行くわよ」

彼女は母親を引きずるようにして屋敷を出て行った。玄関の扉が閉まると、上島春子が初めて俺たちに顔を向けた。初対面のはずなのに、もう既に会っている気がする。二人一緒にいるところを見ていなければ、服と髪形を変えた井浦初子だと言われても信じただろう。

栞子さんが杖を突いたまま、深々と頭を下げた。

「お邪魔しております。ビブリア古書堂の篠川栞子と申します。彼は……」

「手短にお話ししましょう」

隣にいる俺の紹介がばっさりと断ち切られた。この人も一筋縄ではいかないタイプだ。ただ、双子の姉よりもかしこまった言葉遣いだった。

「初子さんが言ったことはすべてでたらめです。信用しないで下さい」

「なにをおっしゃったのか、ご存じなんですか？」

栞子さんが静かに尋ねる。

「見当はつきますよ。長い付き合いですからね。どうせ『春子さんがわたしになりすまして、罪に陥れようとしている』……そんなところでしょう」

だいたい合っている。まるで俺たちの話を聞いていたようだ。いや、本当にそうしていたのかもしれない。井浦初子だって盗み聞きしていた。

「馬鹿馬鹿しい限りです。それこそ、下らない探偵小説の筋書きですよ。いくら仲が悪いからって、そんな手の込んだ嫌がらせをする人間がおりますか」

「上島さんは、探偵小説をお読みにはならないんですか」

「わたしは小説というものを好みません。ああいったものは、若い頃だけで十分ですよ」

きっぱり言い切る。探偵小説どころか、小説全体の否定だ。栞子さんの目がかすかに光った。

「では、若い頃は小説をお読みになっていたんですね……例えば、中学生の頃は」

上島春子はわずかに眉を動かした。中学生の頃——つまり、双子のうちどちらかが庭で『雪割草』を読んだ頃ということだ。

「……その頃にはよく読んでいましたが、探偵小説ではありませんよ」

抑揚のない声で答える。

「女子供が読むような、戦前の通俗小説ばかり……姉の秋世が嫁ぐ前に読んでいた本が、この家にもたくさん残っていましたから。あなた方には想像もつかないでしょうけれど、わたしたちのような女学生でも安心して読めるお話が、終戦直後はそれほど多くなかったんです。今思えば、どれも他愛もない内容ですけれど」

　他愛もないというわりに、優しさのこもった口調だった。きっといい思い出もあるのだろう。人間味のあるところをようやく垣間見た気がした。

「いわゆる少女小説でしょうか。吉屋信子の『あの道この道』、加藤まさをの『遠い薔薇』といったような……」

　上島春子の口元がかすかにほころんだ。

「ええ、どちらもありました……女学生だけではなく、もう少し年長の娘が読むようなものもあったかしら。初子さんだって、探偵小説を読み耽る前は、そういう小説を読んでいたんですよ。今ではおくびにも出しませんけれども」

「上島秋世さんがお持ちだった『雪割草』をお読みになったことは？」

　栞子さんは前触れもなく本題に入った。上島春子は軽く目を瞬かせただけで、まったく動揺を見せなかった。

「ありません。ただ、姉が大事にしていた本ですからね。初子さんがどういうつもりか知りませんが、そのままにはしておけません。返してもらわないと」

「中身についてはご存じなかったんですね」

栞子さんが念を押すと、老女は軽く手を振った。

「知るわけがありませんよ」

「『雪割草』が物置に移されるきっかけになった件はご存じですよね？　上島秋世さんの許可を得ずに『雪割草』をお読みになった方が……」

「あれは初子さんです。今は時代も変わったんでしょうけど、あの頃はまともな女学生が横溝正史なんて読んだりしませんよ。どれもこれも人が大勢死ぬような話でしょう。初子さんじゃあるまいし、そんなものを読みたがる人間の気が知れません」

不快そうに肩を震わせる。俺は首をひねった。

「え、息子さんは横溝正史のファンじゃないんですか？」

思わず口を挟む――栞子さんが俺のジャケットの袖を引っ張っている。廊下の端に控えていた家政婦の顔にも驚きが広がっていた。

「ええ、ええ、ええ、ええ。そうですとも！」

突然、上島春子の目が吊り上がり、低い声は耳障りに裏返った。

「だからあの子は駄目になったんですよ！」

どうやら俺は地雷を踏んだらしい。彼女の前で一人息子の趣味の話はタブーなのだ。小説を罵倒し始めた時に気付くべきだった。

「あの子にはわたしの選んだ参考書や百科事典を与えてきたんです。子供にふさわしくない、刺激の強いものは遠ざけてきたのに……あの子が中学生の頃に金田一ブームとやらが起こって、血なまぐさい小説ばかり読むようになって……全部横溝正史のせいなんですよ！」

本そのものを読めない俺には無縁だったが、子供の読むものを親が制限しようとする話は、他の事件で会った人たちからも聞いたことがある。いつの時代、どこの家でも親にとっては悩みの種なのだろう。でも、いくら禁止しても子供の方はいつか自分の好みで読みたいものを選び始めるはずだ。別に横溝正史のせいではないと思う――という異論を差し挟む暇もなく、上島春子はまくし立てている。

「うちは男爵の家系です。婿として迎えたわたしの主人も大蔵省に勤めていました。乙彦も旧帝大に進ませて官僚にさせるつもりだったんですよ。けれども浪人までして入ったのは私立大学で、民間の旅行会社に就職して……結婚相手だって職場で見繕ったんですよ。見合いもしないで！」

「……申し分のないご経歴だと思いますが」

栞子さんが控えめに釘を刺したが、相手は軽く鼻を鳴らしただけだった。

「まあ、あなた方にはそう見えるのかもしれませんね。でも、それで結局は離婚して、会社も辞めてしまいました。あの子には意気地というものがないんです。それが今さら外国でわけの分からない仕事に就くんだとか。秋世姉さんが無責任に応援するものだから、調子に乗って。母親のわたしとはろくに口も利かないくせに……もし主人が生きていたらなんと言うか……」

最後の方はほぼ独り言だった。エリート主義に凝り固まったこの母親と、普通は口を利きたくないだろう。「いい年」まで近所に住んできただけでも驚きだ。

互いにいがみ合っている、と井浦清美は言っていたが、本当のところは少し違っている。上島春子と井浦初子、瓜二つの姉妹がそれぞれ人間関係を引っかき回しているのだ。

「あなた方、これから乙彦に会うんでしょう。あの子に伝えて下さいね。外国で商売するだなんて、あなたには無理に決まっていますって」

俺たちは答えなかった。そんな伝言を引き受けるつもりはない。言うだけ言って上島春子はくるりと背を向けた。

「上島さん」

栞子さんが呼び止めた。

「上島秋世さんが亡くなる前日、美容院に行かれたのは本当ですか?」

こちらを振り向くまでにしばらく時間がかかった。

「行きましたよ。ずいぶん髪を切っていなかったので、人前に出たらみっともないと思ったからです。それがなにか？」

うすら寒いものを背中に感じた。まだ姉が亡くなっていないのに、葬式のために髪形を整えていたように聞こえる。

「なぜ井浦初子さんはそのことをご存じだったんでしょうか？」

和服の老女は初めて黙りこむ。じっと立っているその姿は古い日本人形のようだ。

そういえば、他の人たちは美容院の件を知らない様子だった。

「あの日、初子さんと一緒に病院へ行ったからですよ。姉の秋世に呼び出されて、三人で話したんです」

初めて聞く話だった。家政婦の小柳も目を丸くしている。仲の悪い双子が一緒に行動するのはよほど珍しいことなのだろう。

「どういったお話をされたんですか」

栞子さんが切りこむ。上島春子はまったく動じた様子を見せなかった。

「姉はこう言ったんです。もうすぐ自分はいなくなる、血の繋がった者同士、あなたたちには仲よくして欲しい、そのことが心残りだと」

　ふと、俺は会う機会のなかった上島秋世という人物の心配りを思った。亡くなる前日に自分の葬式のことを家政婦に託し、仲の悪い妹たちの仲裁まで試みている。けれども今、妹の一人は嘲るように片頬を上げていた。その笑みはぞっとするほど井浦初子のそれに似ていた。

「昔から嫌というほど言われてきました。血が繋がっているから、双子だから仲よくしなさいと……逆ですよ。顔が同じだからこそ、互いが許せないんです。わたしたちは」

　上島家の玄関を出ると、さっきと変わらない晴れやかな空が広がっていた。

　俺たちは重い足取りで庭を歩いていた。海までデートしたいなどという浮ついた気分はどこかへ吹き飛んでいた。

「結局、誰がやったんだと思います？」

　門を出たところで俺が尋ねる。井浦初子と上島春子、どちらもお互いが犯人だと言い張っていた。家政婦という目撃者がいる以上、どちらかが『雪割草』を持ち出したのは確かなようだ。

「やっぱり、大昔に庭で読んでた方が犯人なんですかね」

　どちらも怪しいけれど、俺はなんとなく井浦初子の方が犯人らしい気がしていた。

姉の財産を相続する上島春子が『雪割草』を盗む必要はないし、双子の姉への「嫌がらせ」にしては確かに手が込みすぎている。

「まだそこまでは分かりませんが……わたしが気になっているのは、なぜ『雪割草』を持ち出す際に小柳さんに目撃されたのか、です。お二人ともこの屋敷の間取りを熟知されています。本来は小柳さんに気付かれることなく、出入りすることは可能だったのではないかと」

俺は建物を振り返る。そういえば、井浦初子もいつのまにか入りこんで盗み聞きをしていた。広い屋敷だからこっそり出入りする方法もありそうだ。あえて自分の姿を小柳に晒(さら)したということになる。

「それって、双子のもう一人に罪をなすりつけるためじゃないんですか?」

「だとすると、犯行に及んだ動機は『雪割草』欲しさではない、ということです……こっそり忍びこんだ方が、露見する可能性はより低いわけですから」

「あ、そうか」

どちらが犯人だったとしても、わざわざ目撃者を作る必要はない。

「相手を陥れるのが目的なら、品物が『雪割草』である必要はありません。あの物置にはいくらでも他に高価なものがありそうですし……」

「いや、でもやっぱり動機は『雪割草』欲しさだと思いますよ」

のんびりした声にぎょっとした。門のすぐ近くにある家の玄関で、青いセーターとジーンズの中年男が腕組みをしている。背は高いけれど猫背気味で、あまり特徴のないぼやっとした顔立ちだ。黒縁眼鏡の上に白髪交じりの短い髪が載っている。

ついさっきまで誰もいなかったのに、いつのまに現れたのだろう。視線が合った途端、男性は慌てたように身振りを交えて話し始めた。

「あっ、すみません。驚かせてしまって。立ち聞きするつもりはなかったんですが、あなた方の姿があのカメラに映ったもんだから」

と言って頭上を指差した。玄関扉の庇(ひさし)に黒いドーム型の防犯カメラが取り付けられている。

「お二人はビブリア古書堂の方ですよね？　初めまして。ぼくは上島乙彦……上島春子の息子です」

柔らかい口調で自己紹介し、きちんと頭を下げた。

すぐ隣の本家とは違って、上島乙彦の家は古くも新しくもない、ごく普通の二階建てだった。日当たりのいいリビングやダイニングは空き家のようにがらんとしている。

もう誰も住んでいないように見えた。

「テーブルや椅子はこの前別れた妻が持っていってしまいましてね。大学生の娘も一緒に出て行きました。妻の新居の方が通学に便利だということで……申し訳ありませんが、二階の書斎で話しましょう。ここじゃ座ることもできない」

さばさばした口調で説明し、リビングにある階段を上がっていく。一人で住むには広すぎる家だった。出て行きたくなる気持ちは分かる。

「本当は伯母の葬儀の後、すぐに日本を発つもりでしたが、こんな騒ぎが起こってはそうも行かなくなってしまった。ぼくも当事者の一人ですから」

栞子さんの後から二階へ向かっていた俺は、その言葉に違和感を覚えた。本の持ち主だった上島秋世と、互いが犯人だと言い合っている双子の姉妹はともかく、この人は別に事件と直接は関係ないはずだが。

「こちらです」

通されたのは広く薄暗い部屋だった。真ん中にパソコンデスクが置かれており、北側以外の壁はほとんど天井まで造り付けの本棚になっている。明かりが点いた途端、栞子さんの目が輝いた。

「わあ……すごい」

吸い寄せられるように背表紙に近づいていく。ぎっしりと棚を埋めているのは横溝正史の著書だった。黒い背表紙の角川文庫をはじめ、様々な種類のハードカバー、映画やドラマのＤＶＤ、設定資料集にシナリオらしいものもある。捕物帳だけを収録した文庫の全集もかなりの数があった。

「戦後に刊行された横溝の著書や関連書籍はかなり集めましたが、それでも全然追いつかないですね。捕物帳や時代小説も含めると相当の数ですから」

そう説明する持ち主の声には若干誇らしげな響きがある。この蔵書が本気のコレクションで、この部屋もそのために造られていることは見れば分かる。北側の壁にしか窓がないのも、本を日焼けから守るためだ。

「横溝以外の『新青年』の作家たちの著書もお持ちなんですね。小栗虫太郎や夢野久作や……あっ、朝日ソノラマの『名探偵金田一耕助シリーズ』もこんなに！　後半が滅多に出てこないんですよね」

栞子さんが声を弾ませる。

「苦労してるんですよ。どうしてもあと三冊手に入らなくて……」

マニア同士の楽しげな会話を聞きながら、俺はデスクトップパソコンのモニターに目を留めた。画面の中には玄関前の細い道路の様子が鮮明に映し出されている。例の防犯カメラで撮影されている映像だろう。さっき俺たちが出てきた大きな門もフレームに入っている。この家に近づいてくる人間だけではなく、上島春子の暮らす屋敷に出入りする人間もはっきり見分けられそうだった。今は誰の姿も見当たらない。

「海外に引っ越すと決めてから、防犯用に取り付けたんです」

上島乙彦が説明してくれる。

「もちろん警備会社とも契約していますが、それだけでは不安でしたから。この部屋のコレクションをほとんど置いていくことになりますし、それに……」

わずかに言い淀んでから、彼は付け加えた。

「このカメラなら、母のいる屋敷に不審者が出入りしても記録が残ります。海外からでも、インターネット経由で映像を見られます。ぼくが日本を出ていけば、隣には母しか残りません」

「隣のお屋敷に防犯カメラは設置されていないんですね？」

栞子さんの質問に、上島乙彦は困ったように首を振った。

「勧めてはいるんですが、母が嫌がっているんです。これまで何事もなく暮らしてこられたのに、今さらわけの分からない機械を取り付けるのはごめんだと言って……このカメラで屋敷の門が撮影されていることも知りません。知ったら大騒ぎになるでしょうね」

ため息をつくその姿は井浦清美によく似ていた。この男性も話の通じない母親に振り回されてきたのだ。それでも、一人になる母親を心配している。

「先ほど横溝正史の『雪割草』について、お母様からお話を伺いましたが……」

「ぼくの悪口、言ってたでしょう?」

上島乙彦は苦笑しながら尋ねる。はいともいいえとも口にしにくい。

「いや、答えなくて構いません。分かっていますから……両親と昔からうまく行っていないんですよ」

パソコンデスクの前にあったデスクチェアを足の不自由な栞子さんに勧め、踏み台に使っているらしい木製の丸椅子を二つ持ってくる。一つを俺のそばに置いて、もう一つに自分が腰を下ろした。

「ぼくは子供の頃から両親の期待に応えられなかった。優秀ではないし、そんな意欲もない。仕事はそこそこでのんびり趣味に耽りたいだけなんです。両親はぼくのやりたいことを理解できなかった……まあ、お互いさまです」

「お互いさまではありません」

栞子さんの強い言葉に、上島乙彦だけではなく俺も驚いた。

「子供が親の期待に応える義務はありません。むしろ親の方が注意すべきなんです。自分の存在が子供の呪縛にならないように……子供の考えを理解できなくても、受け入れることができるように……すみません。余計な話を」

家庭の事情に立ち入りすぎたと思ったのか、急に小さくなって俯いた。栞子さんも一筋縄ではいかない母親との関係に悩まされてきた。自分に引き寄せて語っただけだとしても、上島乙彦の目はこれまでよりも優しくなっていた。彼は両手を組んで、内緒話のように身を乗り出す。俺たちも釣られて似たようなポーズになった。

「『雪割草』の件で、あなた方にお話ししたいことがありますが……」

いたずらっぽい笑みが口元に浮かんだ。

「その前に、横溝正史の『雪割草』、あなたはどういったものだと予想されていますか？」

俺ははっとした。この質問はたぶんテストだ。ビブリア古書堂の篠川栞子が、人柄だけではなく知性にも信頼がおけるかどうか。同じものを見てきたはずの俺には見当もつかなかったが、栞子さんは迷いもなく答えを口にした。

「おそらく時期は日中戦争から太平洋戦争中にかけて、新潟の地方紙に連載されていた長編の新聞小説……ジャンルは探偵小説以外だと思います」

「なぜそうお考えですか？」

俺も是非知りたい。栞子さんが淀みなく話を続ける。

「これまで発見されておらず、上島秋世さんご夫妻が出会われる可能性があるとすると、戦時中お住まいだった新潟の可能性が高いと思いました。当時、探偵小説の発表先をなくした横溝は様々な仕事を受けていましたから、新潟の地方新聞から探偵もの以外の連載小説の依頼があったのではないかと」

捕物帳で生計を立てていたという話を思い出した。依頼があれば書いたとしても不思議はない。

「秋世さんはたまたま横溝正史が執筆した新聞小説を愛読し、切り抜いて保存なさっていたのでしょう。それをご主人が後から紙に貼り付け、本の形に製本された……わたしはそう考えています」

確かに古い新聞小説の切り抜きは古書店でも扱われている。俺も業者同士の市場でたまに見かける。持ち主が紙に貼り付けて簡単な表紙も作り、本のような体裁にしているものもあった。昔は新聞小説がすべて単行本化されるとは限らなかったせいもあり、切り抜いて保存する読者は珍しくなかったそうだ。

「新聞小説に候補を絞った理由は？」

上島乙彦が続けて質問をする。

「普段は小説をお読みにならなかった秋世さんも、新聞小説は別だったと小柳さんもおっしゃっていました。新聞小説なら普通は長編です。あとは本の体裁でしょうか」

「本の体裁？」

「上島家の『雪割草』は大判の雑誌ぐらいの本で、横向きにして手前から奥にめくっていく特殊な体裁になっています。普通、新聞小説の切り抜きはかなり横長になります。それを小説の単行本で一般的な縦長のページに貼り付けようとすると……」

「あ、そうか。途中で切らないといけなくなるんだ」

思わず俺が口を挟むと、栞子さんがうなずいた。

「挿絵もあったでしょうし、どこで切るかを決めるのは難しいです。横長の切り抜きを横向きのページに二、三日ずつ貼り付けていくのが一番楽です」

俺は頭の中で上島家の『雪割草』が開かれているところを想像した。掲載日の古い切り抜きが一番上に来て、新しい切り抜きが一番下に来るわけだ。上から下に向かって順に読んでいき、一番下の切り抜きを読んだら手前から奥にページをめくる。中身が新聞小説の切り抜きだと思えばわりと読みやすい体裁だ。

「あれ、でも新聞ってかなり幅が広いですよね。それを切り抜いたらかなり大きな本にしないといけないんじゃないですか」

「新聞小説の左右には意外に広告が入ることも多いです。それに毎回載っている題名と作者名の欄も、作品を読むだけなら必要ありません。一冊の本にするなら扉のページに題名と作者名は表記するでしょうし……本文と挿絵だけを切り取れば、大判の雑誌程度のサイズに収まる可能性はあるかと」

栞子さんは言葉を切って上島乙彦を見つめる。瞬きもせずに聞き入っていた彼は、感心したように息をついた。

「素晴らしい。予想以上だ。ぼくがこの一ヶ月考え続けて行き着いた結論と同じです……あなたにはきちんとお話しした方がよさそうですね」

膝の上に組んだ両手に目を落として、さらに低い声でつぶやいた。

「今回の件、ぼくは母が仕組んだことだと考えています」

母——上島春子ということだ。井浦清美も自分の母親が犯人の可能性を考えていたが、この人の場合はもっと強い疑いを抱いている。

「……どういうことでしょうか」

栞子さんが尋ねる。

「伯母の秋世が亡くなる前日から、母の様子は少し変でした。長く伸ばしていた髪を初子おばさんと同じぐらいに切ったのもそうでしたし、葬儀の最中もどことなくそわそわしていて……なにより告別式の日、母にはアリバイがないんです」

俺と栞子さんは顔を見合わせた。おそらく井浦親子や家政婦の小柳も知らない情報だ。

「火葬場から会食の料亭に移動して、初子おばさんと清美くんが席を外したすぐ後、母が騒ぎ出したんです。『火葬場に形見の数珠を忘れた』って……喪主の母が席を外すのもどうかと思ったので、ぼくが取りに行こうとしましたが、さっさとタクシーに乗って行ってしまいました。中座したのは二十分ぐらいですか。初子おばさんたちが戻る直前に帰ってきました」

二十分ぐらい。上島家の屋敷と行き来するのに十分な時間だ。

「よく似たグレーの道行を事前に用意しておいて、双子の姉になりすまして物置のキャビネットから『雪割草』を盗んだんだと思います。ダイヤル錠の番号を知っているのはぼくと母だけ……番号はランダムの五桁で、知らない人間にはまず開けられません。ふだん母は本を読まない人ですけれど、『雪割草』は美しい装釘だったと聞いています。なにかの理由で自分のものにしたかったんでしょう」

井浦初子が主張していたことに似ているが、そんなに都合よく同じような道行が手に入るものだろうか。それに、そもそも根本的な疑問がある。

「あの、『自分のものにしたかった』……って、もともと『雪割草』はお母さんが相続されるんじゃないんですか？」

なにもしなくても自分のものになるはずだが。俺の質問に上島乙彦は軽く頭をかいた。フケが飛ぶわけではなかったが、ドラマや映画の金田一探偵を思わせるしぐさだった。

「実は母に『雪割草』の相続権はありません。母は上島秋世の財産をほとんど相続することになっていますが、『雪割草』だけは例外です。伯母は亡くなる直前、ぼくに贈与の手続きを取ってくれたんです」

「お母さまはそのことをご存じなんですか？」

と、栞子さんが尋ねる。

「ぼくは伝えていませんが、伯母がなにか話していたかもしれません。贈与が証明できる書類もありますよ」

嘘をついている様子はなかった。つまり上島春子にはアリバイがなく、動機もあるわけだ。頭が混乱してくる。井浦初子だけではなく、上島春子も怪しいのだ。どちらが犯人だとしてもおかしくない。

「上島秋世さんはなぜ『雪割草』を春子さんではなく、あなたに譲られたんでしょうか」

「ぼくが横溝のファンだということが一番の理由でしょう。伯母から話を聞いた時は仰天しましたよ。まさか伯母が持っているのが横溝の『雪割草』だったなんて」

「乙彦さんは伯母さまのご蔵書について、詳しくご存じなかったんですね」

「『雪割草』という題名を小耳に挟んだことはありましたが、知り合いが自費出版した文集かなにかだろうと思っていました。奇をてらった題名でもありませんし」

上島秋世は小説をほとんど読まなかったという。そんな伯母が持っている『雪割草』と、横溝正史の幻の作品が結びつかなかったとしても不思議はない。そもそも一度も単行本になっていない作品なのだ。

「ぼくに譲った理由は他にもあります……伯母はこうも言っていました。『戦火をくぐり抜けたものだから、きっと新しい仕事を始めるあなたのお守りになる』」

その言葉には亡くなった伯母への敬意が滲(にじ)んでいた。そういえば、『雪割草』が消えたことに気付いたのもこの人だった。海外へ出発する前に、自分のものになった本を取りに行ったのだろう。この件の当事者を名乗ったのも当然だ。

「『雪割草』を自分のものにしたのはいいけれど、母も引っこみがつかなくなって悩んでいると思います。この騒ぎがあってからあまり眠れないようで、夜中に明かりがついているのをこの家から何度か見かけました。体調を崩さないか心配で」

井浦清美も母親について似たようなことを心配していた。双子はストレスを感じる時もそっくりの反応を示すのだろうか。

「上島秋世さんがお持ちだった『雪割草』を、あなたは今まで一度もご覧になってはいないんですね」

「ええ。贈与の話をされた時にダイヤル錠の番号も教わりましたが、葬儀が済んで落ち着いてから受け取るのが伯母への礼儀だと思っていたので。もちろん、本音では読みたくて仕方がありませんでしたけどね。伯母によると、あの『雪割草』には特別な付録もあるということで」

「付録とおっしゃいますと？」

「それはですね……」

うきうきと答えかけて、上島乙彦は口をつぐんだ。

「いや、無事に戻ってきたらお目にかけますよ。あなた方もきっと驚かれるはずだ」

横溝正史の幻の作品が自装本になっているだけでも十分な驚きだが、まだなにか仕掛けがあるらしい。さすがに栞子さんも見当がつかない様子だった。

「ああ、そうだ。もう一つ、あなた方にお目にかけたいものがありました」

上島乙彦はパソコンデスクに手を伸ばしてマウスを操作する。モニターに家の前の様子が鮮明に映し出される。例の防犯カメラの映像だが、左下に表示されている日時は一ヶ月以上前だった。現在ではなく過去の動画を再生しているのだ。

「ぼくもつい最近まで、このカメラが二月から動いていたことを忘れていましてね。動画が上書きされる前に慌ててレコーダーを調べたら、まだ残っていました……伯母の告別式の日に撮影された映像です」

思わず姿勢を正した。つまり盗難事件があった日、上島家の屋敷に出入りする犯人が映っているということだ。

「……あ、ここです。来ました」

黒い和服にグレーの道行を着た老女が現れて、上島家の門を開けようとする。マウスがクリックされ、動画の再生が一時停止する。俺たちはその女性に目を近づけた。白髪を襟の上できつく結っているその横顔は——上島春子のようにも、井浦初子のようにも見えた。どちらなのかまったく判断がつかない。

栞子さんも首をかしげるばかりだった。

「この人物は母の春子です。微妙な違いですけれど、ぼくは息子だからなんとなく分かります」

　上島乙彦は自信ありげだが、これは証拠になりそうもない。息子ですら「なんとなく」しか分からないのだ。動画を再び先に進めると、数分後にもう一度同じ人物が門から出てきた。家政婦の小柳が証言したとおり、四角い風呂敷包みを胸に抱いている。この人物が犯人なのは間違いないようだ。

　その時、インターホンの呼び出し音が鳴った。上島乙彦が再び動画を一時停止し、丸椅子から立ち上がる。

「清美くんだ。ちょっと待っていて下さい」

　おそらく井浦初子を送り届けて戻ってきたのだろう。家主がドアから飛び出していった。

　書斎には静寂が訪れた。栞子さんはもうモニターを見ていなかった。口元にこぶしを当てて、身動きもせずに考えこんでいる。一枚の絵のような居住まいに、つい目が離せなくなった。

「夜中に、明かり……」

　ぽつりとつぶやく。上島春子が遅くまで起きているという話のことだろうか。どうしてそんなことが引っかかるのか——尋ねようとしたその瞬間、上島乙彦がいとこと話しながら戻ってきた。

「……昨日電話で話した防犯カメラの映像を、ちょうど再生していたところだったんだ。君にも確認して欲しいと思って……コート預かるよ」

「あら、ありがとう。ぜひ見たいわ」

井浦清美はスーツの上に羽織ったコートを脱いでいとこに手渡す。それからデスクに手を突いて、門を出ようとしている犯人に目を凝らした。あの双子を見慣れているこの人は、一体どちらだと思うのか――しばらく間を置いて、彼女は俺たちを見回した。

「この人は……わたしの母だわ」

「えっ」

声を上げたのは俺と上島乙彦だけだった。栞子さんは驚いていない。というより、さっきと同じポーズのまま考えに耽っている。

「そうかな。ぼくはうちの母だと思うよ」

いとこの反論にも井浦清美はきっぱり首を振った。

「確かに見分けはつきにくいけれど、それはありえないわ。この道行を見て」

モニターに指を伸ばして、犯人の着ているグレーの道行に触れる。

「これは母が付き合いのある呉服屋に反物から作らせた品で、同じものは売られていない。これを着ているのは母だけよ」

「うーん……似たようなものを用意することはできるんじゃないかな」

「いいえ。ここを見て」

彼女の指先が道行の袖を示した。ぽつりと黒い点のようなものがある。

「ここに染みがあるでしょう？　母も気付いていなかったけれど、どこかで汚してしまったようなの。わたしが慌てて染み抜きに出したから、場所もはっきり憶えているわ。間違いなく母の道行だし、これを着ているのは母以外にいない」

「ぼくの母が初子おばさんの道行をこっそり持ち出した可能性は？　初子おばさんは料亭の空き部屋で休んでいたじゃないか。君も何分か離れていたというし」

「母は横になっていたけれど、ずっと眠っていたわけじゃない。持ち出すのは難しいわよ。もし母が居眠りしていて、わたしが部屋の前を離れている間に持ち出せたとしても、わたしたちに気付かれずに返すなんて不可能だわ」

「それを言ったら初子おばさんがここに来ることだって不可能だよ。君に気付かれずに行き来できるわけがないじゃないか」

「確かにそうだけれど、なにか見落としがあるのかもしれない。きっと分かってしまえばすごく単純な……」

それぞれ自分の母親が犯人だと言い張っているのは奇妙だが、二人の議論には遠慮のない親しさも感じさせる。互いにいがみ合っているというこの一族で、この人たちは数少ない例外なのだ。

「……分かりました」

ずっと考えこんでいた栞子さんが、口を開いたのはその時だった。全員の視線が彼女に集まる。

「なにが分かったの？」

井浦清美が声をかける。

「『雪割草』がなぜ持ち出されたのか、です」

一瞬、他の三人が困惑気味に黙りこんだ。

「その前に、誰が盗んだのかは分かっているんですか？」

上島乙彦が尋ねると、栞子さんははっきりうなずいた。一体いつ分かったんだろう。この家に入る前は違ったはずだ。

「わたしが気になっていたのは本を持ち出した動機と、この方法を取った理由でした。確かに分かってしまえばとても単純です」

栞子さんは上島乙彦の方を向いた。本の謎を解く時に現れる、自信に満ちた顔つきだった。俺の一番好きな彼女だ。

「上島さん、これからわたしが申し上げることを、そのまま皆さんに伝えていただけますか？」

眼鏡の奥から強い視線に射抜かれて、彼は呑まれたようにうなずいた。

「おそらくそれで『雪割草』は戻ってくるはずです」

＊

俺と栞子さんが再び上島家を訪れたのは三日後の夜、店を閉めてからだった。

邸内からの明かりを頼りに玄関へ向かう。出迎えてくれた小柳の案内で、俺たちは広い食堂へ入っていった。中央にあるダイニングテーブルの右側に上島春子と乙彦、左側に井浦初子と清美が座っている。双子の一人は先日と同じような和服姿で、もう一人は柄物の赤いセーターにサングラスをかけている。お互いに視線一つ交わそうとしない。俺たちが来る前に罵り合いでもあったのか、それぞれの子供たちの顔に疲れが滲んでいた。

関係者が一つの部屋に集まっている姿は、まさに金田一もののクライマックスのようだった。家政婦が部屋の隅に立ち、テーブルの前で栞子さんが挨拶をすると、真っ先に口を開いたのは上島乙彦だった。

「これで全員揃ったかな……探偵による謎解きの時間ですね」

真相を知りたくてうずうずしているのが伝わってくる。

「……その前に、『雪割草』は戻りましたか？」

栞子さんが尋ねる。我に返ったように、彼は膝の上に抱えていた紺色の風呂敷包みをテーブルに置いた。

「篠川さんの指示通りにしたら、今朝これがキャビネットに入っていました。一体どういうことなのか……」

そう言いながら結び目をほどくと、大判のハードカバーが現れた。家政婦が証言したとおり、表紙は紫色の布張りで『雪割草』という金色の刺繍が輝いている。背表紙の溝まで丁寧に作られていて、小口や天地もきれいにカットされている。まるでプロの職人が装釘したようだった。長年しまわれていたせいか焼けや傷みもない。確かにとても美しい本だった。

双子の老女はちらりと表紙を眺めただけで、大した反応を示さなかった。一同の中で最も興味津々なのは栞子さんだった。杖を握ったままテーブルに片手を突いて、不安定な姿勢で前のめりになっている。まるでおもちゃ屋のショーウィンドーにかぶりつく子供だ。どういう小説なのか気になるのは分かるが、今は先にするべきことがある。俺が何度か咳払いをすると、しぶしぶ背筋を伸ばした。

「ところで、なぜ乙彦がここにいるのかしら。今日にでも日本を発つと聞いていたけれど」

井浦初子がテーブルの向かいにいる男性を顎で指した。相変わらず人を人とも思わない態度だ。本人よりも隣にいる娘の方が不快そうだった。

「その話は嘘です」

栞子さんがさらりと告げる。

「皆さんにそう伝えて下さいと、わたしがお願いしました……『雪割草』を取り戻すために」

上島乙彦に頼んだ伝言は「三日後、警察に被害届を出してその足で日本を発つ」という簡単なものだった。それで本当に状況が変わるのか、栞子さんの手腕を知っている俺ですら半信半疑だったが、目論見(もくろみ)は見事に当たったわけだ。

「図太い泥棒が反省して本を返したんでしょうよ。これ以上は話を聞くまでもありません……わたしは下がらせてもらいます」

双子の姉に嫌味をぶつけてから、上島春子は音もなく立ち上がる。すかさず栞子さんの鋭い声が響いた。

「上島秋世さんの告別式の日、『雪割草』を持ち出したのはあなたですね、上島春子さん」

唐突な名指しにも彼女はまったく表情を変えなかった。杖を突いて立つ栞子さんの強い視線を悠然と受け止めている。

「一体、なんの根拠があるんですか？」

「最初に違和感を抱いたのは、あなたが『雪割草』についてこうおっしゃった時です。『あの頃はまともな女学生が横溝正史なんて読んだりしませんよ』……あなたはこの作品の著者が横溝だと昔からご存じだったんですね。だから読まなかった、そういうことでしょう？」

「知っていたからどうしたと言うんです。作者の名前ぐらい表紙を見れば……」

上島春子は初めて口ごもる。誰の目にも失言は明らかだった。布張りの表紙にあるのは『雪割草』という題名だけだ。

「この表紙にはどこにも著者名はありません」

と、栞子さんは言った。

「本を開いてみない限り、誰が書いたのかは分からないはずなんです。現に小柳さんや乙彦さんはつい最近までご存じありませんでした。つまり、あなたは中学時代、この本を一度は開いたはずなんです」

「やっぱりそうだったのね！」

勝ち誇ったように井浦初子が割って入った。

「わたしの主張していたとおりだったでしょう？　春子さんがすべて仕組んだのよ。この腹黒い人が……」

「井浦初子さん」

栞子さんがぴしゃりと双子の一人を黙らせた。

「あなたも犯人です。この事件はお二人が協力して起こしたものです」

「えっ！」

真相を伝えられていなかった二人の子供たちが声を上げた。長年いがみ合ってきた双子が共犯関係にある——最初に栞子さんから聞いた時は俺もにわかには信じられなかった。

「こんな人と協力なんて……」

双子の姉妹がそっくりの声で同時に言い返そうとして、途中で黙りこんだ。栞子さんはテーブルの上座、おそらく上島秋世の席だった場所に立って語り始めた。

「この事件、お二人のどちらかだけでは犯行は不可能です。初子さんはキャビネットの番号を知りませんし、春子さんはグレーの道行を持っていません。お二人が協力した場合のみ、春子さんは初子さんになりすまして『雪割草』を持ち出すことができるんです」

「待って。どうやって母の道行が春子おばさまの手に渡るの？　そんなことをすれば母のそばにいたわたしが気付くはずだわ」

井浦清美が異論を唱える。

「清美さんの目を逃れる方法はあります……おそらく手順はこうです」

栞子さんが手振りを交えて、ゆっくりと説明をしていった。

「まず料亭に着いた初子さんが中座して空き部屋に入ります。次に出発するふりをした春子さんは一旦料亭に戻り、窓越しに初子さんから道行を受け取ります。このお屋敷へ来て本を盗んだ後は、駅のコインロッカーなどに立ち寄ってそれを隠し、料亭に戻って窓越しに道行を初子さんに返す……こうすれば清美さんに気付かれることはありません」

俺は実際に料亭に行って、井浦初子の休んでいた部屋を確かめてきた。窓から人間の出入りはできなかったが、服一枚のやりとりができる程度には開けられた。

「おそらくトリックを考えたのは、探偵小説を好む初子さんの方でしょう……違いますか？」

「あなたの話にはなんの証拠もないわねえ。今回の事件で証拠らしいものは、小柳さんの証言ぐらいのものだわ」

「乙彦さんがご自宅に取り付けた防犯カメラにも犯人の姿は映っていました。今回は嘘をついていただきましたが、本当に警察に通報して捜査を頼むこともできますよ。例えば風呂敷に付着している服の繊維や料亭の防犯カメラを調べれば、なにかしらの物的証拠は出てくるでしょうね」

井浦初子は小さく舌打ちをした。その反応で自白したようなものだ——すると、おもむろに上島春子が口を開いた。

「……だからわたしが最初に言ったんですよ。こんな子供じみた小細工、本当に通用するのかしらって」

「春子さんがぼろを出したから疑われたんじゃない。間が抜けていたのはあなたの方よ。わたしのせいにしないでちょうだい」

本当に子供のように唇をとがらせている。どうやら栞子さんの推察は当たっていたようだ。けれども二人の間にあるギスギスした雰囲気は変わらなかった。

「双子のなりすましと入れ替わり……まるで横溝の小説だ」

乙彦がうめくようにつぶやいた。

「お母さんも春子おばさまもどうしてこんなことをしたの？　こんな騒ぎを起こしてまで、その本が欲しかったの？」

井浦清美の質問にも、姉妹は仏頂面で黙りこむばかりだった。代わりに栞子さんが答える。

「いいえ。目的は本を手に入れるためではなく、別のところにあります。そもそも春子さんがその気になれば、誰にも知られることなく盗み出せたはずです。あえて初子さんになりすまし、小柳さんに目撃され、初子さんが盗んだと騒ぎ立てる……あくまで姉妹の内輪揉め（うちわもめ）を印象づける必要があったんです」

「一体、どこにそんな必要があるんですか」

戸惑っている上島乙彦に、栞子さんが視線を定めた。

「あなたをコントロールするためです、上島乙彦さん」

「えっ？　ぼくを？」

栞子さんがうなずいた。

「もし『雪割草』がキャビネットから消えただけなら、乙彦さんは外部の犯行を視野に入れ、警察への通報をお考えになったでしょう。当然大事になりますし、捜査が始まれば『雪割草』も発見されてしまうかもしれません。外部の人間を入れず、膠着状態にして時間を稼ぐ……それが一連の行動の目的です」

古くから続くこの家で双子のトリックを使ったのも、この人を誘導する意図があったと思う。横溝正史マニアがこんな事件に出会えば、金田一探偵のように事件を解こうと頭を働かせるに決まっている。現に事件の謎について議論する彼はいきいきしていた。

「今回の事件が起こらなければ、乙彦さんは伯母さまの葬儀の後、すぐに海外へ移住されていたはずです。もちろん、お守りにと渡された『雪割草』を携えて……そうなれば、お二人の目に『雪割草』が触れる機会は二度とないかもしれません」

栞子さんははっきり触れないが、二人の年齢もこの犯行を後押ししただろう。姉の秋世が他界した今、自分たちにも時間は残されていない――そんな思いがこの双子の中にはあったはずだ。

「お二人が必要としていたのは『雪割草』そのものではありません。自分たちが順番に『雪割草』を読むための猶予です……もし違っていたら、おっしゃって下さい」

二人は答えない。正解ということだ。井浦清美も上島乙彦も母親の夜更かしが多いと言っていた。ストレスで眠れなかったのではない。家族や家政婦に隠れて『雪割草』を読んでいたのだ。

「十代の頃、上島秋世さんの『雪割草』をこっそり庭に持ち出して、見つかったのはお二人のうちどちらだったんですか」

「……わたしですよ」

長い沈黙の後で、上島春子が投げやりに答えた。

「子供のしたことに、まさかあんなに怒るなんて……初子さんだって、時々盗み読みしていたのに」

「あら、わたしは要領よくやっていたわ。春子さんは堂々と読みすぎたのよ。不器用なんだから」

「やっぱり、それぞれが勝手に持ち出していたんですね。お姉さんの、なにより大事なご蔵書を」

栞子さんの厳しい声が響いた。つまり持ち出されたのは一度だけではなかったのだ。上島秋世も最初は目をつぶっていて、ついに堪忍袋の緒が切れたのかもしれない。

「お二人は読みかけのままだった小説を何十年も読みたいと願い続けていたわけですね」

「願いだなんて、大層なものではありませんよ」

即座に上島春子が言い返した。

「小説なんて若い頃だけで十分です。ただ……結末を読みそこねていたので、それが気になっていただけ。この六十年、姉はその本をしまいこんだまま決して外に出さなかった……わたしたちへの嫌がらせですよ。挙げ句にわたしたちを呼び出して、その本を乙彦に贈ったとわざわざ告げたんです。それで血の繋がった者同士、仲よくしろだなんて馬鹿にしているじゃありませんか」

かすかに語尾が震える。たぶんこの人は姉から『雪割草』を相続し、結末まで読む日を心待ちにしていた。裏切られたという思いが、この騒ぎを引き起こしたのだ。

「わたしも結末が知りたかったから、今回だけは協力したのよ。春子さんには複雑な計画を立てる知恵なんてないもの」

井浦初子は自慢げに鼻を鳴らす。姉を最後に見舞った後、二人はすぐに計画を立てて動き出したわけだ。上島春子が美容院へ髪を切りに行ったのはその手始めだった。

「日本の探偵作家は物真似で、レベルが低かったのでは？」

栞子さんに指摘されても悪びれる様子はなかった。

「『雪割草』は探偵小説じゃないもの。他愛もない内容なのは同じだけれど、読みかけだった小説は続きが気になるものじゃない？　まして、よそでは決して読めない作品でしょう」

いくら読みかけと言っても六十年以上も前のことだ。こんなトリックまで使って読んだのだから、ただ他愛もない内容のはずがない。どうして面白い小説だと素直に認められないのだろう――いや、それができる人たちならこんな真似をしないか。

「ということは、母さんたちはもう『雪割草』を読み終えているわけか……横溝正史の幻の長編を」

上島乙彦がつぶやいた。

「そうでしょうね。羨ましい限りです」

栞子さんが真顔で応じる。横溝正史の熱心な読者なら当然の感想だ。双子の姉妹を除いて、ここにいる人間は誰も『雪割草』がどんな小説なのかはっきり知らない。

「この本を盗むつもりがなかったとして、母さんたちは読み終えた後どうするつもりだったんですか」

息子の問いかけを母親たちはあからさまに無視していた。聞いている俺の方が不愉快になる。この人は『雪割草』の正当な持ち主で、今回の事件の被害者なのに。

　仕方なく栞子さんが説明する。

「おそらくどちらが盗んだのかはうやむやにして、読み終えたらキャビネットに返すつもりだったのでしょう。本が無事に戻ってくれば、乙彦さんも身内をそれ以上追及しないと踏んでいた……けれども三日後に通報されると聞いて、予定を早めて急いで読んだのだと思います」

「つまり、篠川さんの行動が状況を変えたわけですね。この一ヶ月、ぼくにはできなかったことをあなたはやってくれた。まさしく、金田一探偵のように」

　有名な名探偵の名前を出されて、栞子さんは顔を赤らめた。

「いいえ。放っておいてもこの件は解決していました。わたしはただ予定を早めただけです。それにわたしが結論に辿り着けたのは、乙彦さんの自宅にあった防犯カメラのおかげですし」

　確かに栞子さんだけではなく、防犯カメラの映像も双子の姉妹にとって想定外だった。あれを設置したこの人も、解決に貢献している——けれども、上島乙彦は寂しげに微笑んだ。

「いいんです。ぼくは優秀な人間じゃない。分かっているんです。でも、そういう人間にだってできることがあります……お母さん」

隣にいる母親に語りかける。相手は初めて息子と視線を合わせた。

「ぼくが海外にいる間、『雪割草』をこの屋敷に置いておきます。お母さんに預けます。もちろん、ぼくが一度読んでからですが」

そう言いながらゆっくりめくり始める。栞子さんの推察したとおり、まず題名と著者名が書かれた扉のページがあり、その先に色あせた切り抜きが二日分ずつ、横向きのページの幅ぎりぎりに貼られていた。真ん中に印刷されている挿絵も揃っているようだ。栞子さんの視線が釘付けになっている。

「もしよかったら、母さんも、初子おばさんも読み直して構いません。もちろん、清美くんも読んでいい。もしよかったら、小柳さんも」

ページをめくる手が止まる。「再生」という章題が目に入った。

「秋世伯母さんがぼくにこの本を譲ったのは、母さんへの嫌がらせのためじゃない。きっとこの本をきっかけに、和解して欲しかったんです……血が繋がった者同士が。もともと母さんが頭を下げて読みたいと頼んでいたら、伯母さんは応じてくれたかもしれない。勝手に持ち出したのを、これまで謝ったこともなかったんじゃないんですか？」

上島春子の唇がかすかに開く。図星だったようだ。俺は上島乙彦の寛容さに驚いていた。これだけ迷惑をかけられたのに、自分から和解を申し出ている。上島秋世が大切な本を贈ったのも、きっとこの人柄への期待があったからだ。

「二人ともぼくに事情を話して、『雪割草』を読ませてくれと言うだけでよかったんです。そうしていればこんなことは起こらなかった。最初からぼくたちは……」

不意にぶつりと話が途切れた。上島乙彦は猛然とページを最後までめくっていく。漂い始めていた温かな雰囲気が遠のいて、不穏なものに取って変わろうとしていた。

「どうしたの、乙彦さん」

おずおずと井浦清美が尋ねる。彼女のいとこは裏表紙の手前にある遊び紙を真剣な手つきで確かめている。小口の側をカットしそこねたらしく、袋状になっている。

「ここに挟んであったものは、どこにやりました?」

別人のように鋭い声を上げた。

「なんの話ですか」

冷ややかに上島春子が問い返す。それが息子の感情を煽(あお)った様子だった。

「この本には『雪割草』の直筆原稿が挟んであったはずなんです。正真正銘の本物が」

「えっ！」

食堂に大きな声を響かせたのは栞子さんだった。

「ど、どういうことですか？」

そんな話は聞いていない。他の人たちも戸惑っている様子だ。上島乙彦はつんのめるような早口で語り始めた。

「伯母は贈与に当たってこの本を古書業者に査定してもらっています。その時、業者から勧められて『雪割草』の直筆原稿を一枚買ったそうです。それも贈与される品に含まれています。なかったはずはない。一体どこへやったんです？　お母さん」

三日前、横溝の著書が並んだ書斎で聞いた話を思い出した。

（あの『雪割草』には特別な付録もあるということで）

その「付録」は横溝の直筆原稿だったのだ。この本と同じように――ひょっとするとそれ以上に珍しい品だ。

「そんなもの、わたしは見ていませんよ」

彼の母親は眉一つ動かさなかった。

「わたしも知らないわ。なにも挟まっていなかったと思うけれど」

井浦初子も芝居がかったしぐさで肩をすくめる。

「なにかの思い違いか……ひょっとすると、わたしたちは秋世姉さんに一杯食わされているのかもしれないわ。こんな風にわたしたちを喧嘩させようとして……」

「秋世伯母さんを侮辱するつもりですか？　絶対にそんな嘘をつく人じゃない！」

上島乙彦が拳でテーブルを叩いた。『雪割草』の美しい表紙が怯えたようにぶるっと震えた。彼の母親が双子の姉を睨みつけた。

「初子さんが出来心で盗んだのかもしれませんよ。いくら外国かぶれでも、探偵小説を書く作家に関心はあるでしょう」

「横溝正史に関心はないと何度も言っているじゃない。そういう春子さんこそ怪しいわ。今度こそわたしを陥れようとして……」

俺たちは呆然と罵り合いを見守るしかなかった。栞子さんが青ざめた顔で唇を噛みしめている。その直筆原稿が本当に存在したのか、存在したのならどこへ消えたのか、まったく分からなかった。

はっきりしているのは一つ——栞子さんは依頼どおりに『雪割草』を取り戻した。けれども、すべての謎を解き明かすことはできなかったのだ。

＊

北鎌倉駅を出発する電車の音が聞こえる。たぶん上りの最終電車だ。

俺はビブリア古書堂のカウンターの前に一人座って、『雪割草』の事件についての記録をつけている。

上島家での騒ぎがあってから四日経っている。今日、上島家では四十九日の法要が営まれたそうだ。上島乙彦はその足でインドネシアへ出発した。もちろん『雪割草』を持って——井浦清美の話によると、母親たちと絶縁に近い状態で、あの日から一言も口を利いていないという。

『雪割草』の直筆原稿についての謎は解けずじまいだ。上島乙彦は警察へ通報しなかったし、俺たちに追加の調査も頼まなかった。身内の罪をこれ以上暴くより、なにもかも忘れたい気持ちが強いようだった。

それでも、取り戻してくれた礼に『雪割草』を一晩貸すと申し出てくれたが、栞子さんの方が丁重に断った。「無事に」取り戻すという依頼に応えることができなかったから、だそうだ。

今回の事件の記録はここまでだ。俺は分厚い文庫本を閉じる。新潮文庫『マイブック—二〇一二年の記録—』。本の体裁で毎年発売されているが、中身は白紙の日記帳のようなものだ。ビブリア古書堂で働き始めてから、古書にまつわる事件が起こるたびに、俺は『マイブック』に思い出せる限りのいきさつを書きこんでいる。

つまりこれは『ビブリア古書堂の事件手帖』だ。

あの夜以来、栞子さんは元気がない。すべての謎を解くことができなかったと、自分を責めている。直筆原稿の行方を突き止められなかったのは当たり前だ。上島乙彦が原稿の存在を伏せていた以上、栞子さんにもなす術はなかった。そう慰めてもあまり効果はないようだった。

俺も俺で自分の不甲斐(ふがい)なさを嚙みしめている。ずっと彼女のそばにいて、同じものを見聞きしていたのに、なんの力にもなれなかった。栞子さんが「この件の解決にも必ず力になってくれます」と口添えまでしてくれたのに——気付いたことと言えば、この事件とはまったく関係ない、ちょっとした食い違いぐらいのものだ。

「……大輔くん？」

いきなり声をかけられる。振り向くと母屋へのドアを背にして、栞子さんが立っていた。青いパジャマの上にニットのカーディガンを羽織っている。握っているのは杖だけで、本を持っていない。

「こんな夜中に、仕事ですか」

首をかしげてカウンターを覗きこむ。長い黒髪が床に向かってまっすぐに落ちた。

「いえ、その……もう終わりです」

俺は立ち上がった。眼鏡越しの視線が『マイブック』を捉えている。俺が事件の記録を付けていることは気付かれているはずだ。今のところはなにも触れてこない。いくら夫婦でもプライバシーはあると考えているのだろう。

だとしても、疑問がある時はお互い話し合った方がいい。

「俺に隠してること、ありますよね」

最近栞子さんの態度がおかしかったのは、井浦清美からの依頼を伏せていたせいだと思いこんでいた。けれども記録を付けているうちに気付いた——依頼の電話があったのは井浦清美がビブリア古書堂に来る前日だ。その前から栞子さんには気掛かりなことがある様子だった。俺には言えないなにかが他にあったのだ。

「ひょっとしてですけど……子供ができたんじゃないですか？」

彼女の目と口が丸く開かれた。やっぱりそうだったのか。頭脳明晰なこの人の不意を突けたのは少しだけ誇らしい。

「ど……どうして分かったんですか？　わたしまだ誰にも……産婦人科にだって、行っていないのに」

妊娠検査薬で陽性反応が出た、ぐらいの段階だったらしい。そんなところだろうと思ってもいた。

「なにか、手がかりがあったんですか？」

「ないですよ。そんなもの」

笑いながら首を振った。そう、これは推理でもなんでもない。

「ただ……そうだったらいいなって思っただけです」

ほっと力が抜けたように、栞子さんがドアに寄りかかった。

「大輔くん、喜んでくれないかもしれないと思ったんです……わたしたち、結婚したばかりで、そういう予定もなかったじゃないですか。大輔くんはまだ若いし……わたしもその、家族が増えることに、複雑な気分で」

篠川家は昔から家族関係に問題がある。栞子さんと実の母親の仲がうまくいっていなかった。どうにか和解のようなものにこぎ着けてから、まだ半年しか経っていない。上島家のいさかいを目の当たりにして、そのことを思い出したのだろう。

俺は黙って両手を伸ばし、栞子さんの細い体をきつく抱きしめた。突然すぎたせいか、彼女は戸惑い気味に顔を上げた。少し眼鏡がずれている。

「あの、どうしました？」

「そうですね……」

俺は照れながら答える。

「まあ、ぎゅっとしたい気分で」

依頼を受けた日、栞子さんも言っていたことだった。突然、彼女が杖を捨てて俺の体にしがみついてくる。互いの温もりが一つに溶け合っていくようだった。

新しく家族ができれば、想像もつかないことが起こるだろう。五年後十年後、俺たちがどうなっているのかは分からない。

けれども今この瞬間のお互いの温もりや、満たされた気持ちをこの先もずっと忘れないでいたい。今の俺たちのまま、新しい命を迎えられればきっと上手くいくはずだ。

少なくとも俺は、そう信じている。

第二話　横溝正史『獄門島』

目を閉じていると、妙な音が聞こえてきた。

「すーすー、すすすーすー」

力が抜けるようなかすれた口笛。ああ栞子さんだな、とぼんやり思う。昔から読書に夢中になっている時の癖だ。意外にボリュームが大きいので、うちではともかく外では控えて欲しい。なにしろここは――。

俺はぱっと目を開けた。いつのまにか背中を椅子に預けて居眠りしていたらしい。いかにも古民家らしい太い梁と洒落た丸いペンダントライトが見える。

ここは由比ガ浜通り沿いにある、古民家の二階を改造したブックカフェだ。両側の壁は天井まである書架になっていて、上の方には大判の写真集や外国の料理書が飾られている。

まだ口笛は続いているが、吹いているのは妻の栞子さんではない。今日、ここへは他の家族と一緒に来ている。

「……扉子」

向かいに座っている娘に声をかけた。紺色のチュニックを着た小柄な少女が、文庫本にかじりついている。つやつやした黒髪がテーブルの上にかかっていた。この子は篠川扉子。俺たちの一人娘だ。

「なあに、お父さん」

口笛が止み、文庫本ごと背筋が伸びた。芥川竜之介（あくたがわりゅうのすけ）『羅生門（らしょうもん）・鼻・芋粥（いもがゆ）・偸盗（ちゅうとう）』。岩波文庫。大きな瞳や通った鼻筋、色の白さ、なにがあろうと本を手放さない態度、読書中のかすれた口笛、そして最近かけ始めた眼鏡——なにかもかも母親の栞子さんによく似ている。

今は二〇二一年の十月。扉子は小学三年生で、もうすぐ九歳になる。年月の過ぎる早さが信じられない。もちろん俺と栞子さんもその分年齢を重ねている。

自分ではもう若くないと思うが、年配の人たちに話すと笑われる。三十代なんて若造だったと思う日がいずれ来るという。そのあたりの感覚はまだ分からない。

「面白い？　その本」

俺が尋ねると、

「面白いよ！」

食い気味に元気な答えが返ってきた。窓際にあるカウンター席の端で本を開いていた、同じ年頃の少年がちらっとこちらを見る。俺たちと同じように親子連れらしく、父親らしい男性と並んで座っていた。俺は人差し指を唇の前に立てる。カフェにいる客は全員それぞれ読書に耽っている。

「大昔、鼻がとっても長いお坊さんがいてね。お弟子さんに鼻を支えてもらわないとご飯がうまく食べられないの。でも、ある時くしゃみをして、お粥の中に鼻が落っこっちゃって……」

扉子は声を落としつつ、いきいきと説明を始める。たぶん今は「鼻」を読んでいるのだろう。題名ぐらいは誰でも知っている有名な小説だが、改めて聞くと妙なストーリーだ。

カウンター席の少年は耳にイヤホンをして読書に戻っている。パーカーのフードをかぶっているせいか顔はよく見えない。開いているのは書店のカバーがかかったハードカバー。鎌倉駅前の島野書店で買った新刊の児童文学かなにかだろう。うちの娘とはたぶん趣味はまったく違う。

扉子はどんな本でも読む。新しいとか古いとか、子供向けとか大人向けという括りなどこの子にはない。子供部屋の本棚には派手な表紙のライトノベルも、マンガの文庫本も、パラフィン紙のかかった古い岩波文庫や新潮文庫まで、雑多な種類の本がずらりと並んでいる。文庫本がやたらと多いのは、価格と内容のコストパフォーマンスがいいからだという。そんな基準で本を買う小学生を初めて見た。そう栞子さんに話したら、わたしもそうでしたという返事だった。篠川家では俺の方が少数派だ。

「お父さん、今何時？」

娘は不意に話題を変えた。俺は自分のスマホを見せる。今は午後一時半。

「一階の店長さん、もう帰ってきてるかなあ？」

このカフェは「もぐら堂」という古書店の一部だ。一階が古書売り場、二階がカフェになっている。以前は小田急線の長後駅のそばで店を構えていたが、二、三年前に鎌倉へ移転してきた。その時にカフェも開いたらしい。

古書の売買が昔より難しくなったせいか、飲食スペースを併設する古書店が増えた。観光客も多い由比ガ浜通りにあるこの店はかなり繁盛している。雨の日でもほとんどの席が埋まっている。

「まだじゃないかな。こういう日の宅買いは時間がかかるから」

俺は答える。昼過ぎまで雨は横なぐりに降っていた。濡れないように本を積みこむのは簡単ではない。

扉子は『羅生門・鼻・芋粥・偸盗』を閉じて、ほとんど手つかずだったアイスティーフロートを一気に飲み始めた。読書に夢中だったせいで、蜂蜜入りのアイスはとっくに溶けている。近くの養蜂園から卸した蜂蜜入りのスイーツがこのカフェの名物だという。

今日、俺は扉子の付き添いでここへ来ている。娘は一階で取り置きしてもらっていた古書を買うつもりだったが、アルバイトの店員は置き場所を知らなかった。店長は宅買いへ出かけていて、携帯にかけても通じないらしい。それでこうして二階のカフェで時間を潰している。

古書店で取り置きを頼む小学生はたぶん珍しい。けれども、それよりももっと珍しいのは取り置きしてもらった本の内容だ。ドリンクを飲み干した娘は、父親の俺に笑顔を向けた。

「楽しみだなあ、横溝正史の『獄門島(ごくもんとう)』！」

俺が『獄門島』の件を知ったのは三日前だった。仕入れた古書を一人で整理していると、ビブリア古書堂の電話が鳴った。扉子の通う市立小学校のクラス担任からだった。栞子さんより少し年上の生真面目そうな女性教師で、俺も授業参観の時に顔を合わせている。

奥さんの携帯にお電話したのですが通じなかったもので、と四角張った声で教師は言った。お手数おかけしましたと俺は詫びた。栞子さんはロンドンへ出張中で、あと一週間は帰ってこない。実の母親が経営する古書店を手伝っているのだ。その間普段使っている携帯の番号は通じない。俺とはスマホやパソコンのビデオ通話アプリでやりとりしていた。

　そんな事情を説明しつつ、俺は電話の用件を気にしていた。

「扉子に、なにかありましたか？」

　娘は問題行動を起こすわけでもないし、成績も決して悪くはないが、順調な学校生活を送っているとは言えない。クラスから完全に孤立していた。

　理由は本だった。

　栞子さんと同じく、いつでもどこでも読書している。最初はクラスメイトとコミュニケーションを取ろうとしたが、致命的に話が合わなかったらしい。無理もなかった。扉子は人気のある動画にもゲームにもアニメにも、ファッションにすら関心を持っていない。嫌がらせを受けるようなことはないが、変人として距離を置かれているという。

　親から見ると娘はマイペースで屈託がない。けれども他人と違っていることに内心思うところはあるだろう。栞子さんは自分の血を引いているせいだと気を揉んでいる。

『なにか、ということではありませんが、めぶきコンクールのことで少しお話ししたいことがありまして。めぶきコンクールというのは……』

「知っています。読書感想文のコンクールですよね」

俺が話の後を引き取った。扉子の通う岩谷小学校では、校内の読書感想文のコンクールが毎年開かれている。何十年も前から続く伝統行事で、三年生以上の生徒全員が参加する。優秀な作文は『めぶき』という文集にまとめられることから「めぶきコンクール」とも呼ばれている。「めぶき」は「芽吹き」から来ているようだ。

『ああ、お父さんも岩谷小学校のご出身でしたか』

「いえ、卒業生だったのは妻です」

俺は昔の『めぶき』に載った栞子さんの感想文を読んだことがある。古いSF小説の読書感想文だったが、小学生離れした内容を問題視する教師もいたという。

今日、感想文でどの本を取り上げるのか、紙に書いて提出してもらったのですが、と担任の声は冴えない声で説明した。コンクールに相応しい内容の本を生徒が選んでいるか、事前にチェックしているのだろう。なんとなく嫌な予感がする。

『扉子さんが選んだのは、横溝正史の『獄門島』でした』

思わず受話器を握り直す。予感が当たった。何年か前、NHKのドラマ版を見たので、俺もストーリーを詳しく知っている。太平洋戦争のすぐ後、戦友の遺言を届けるために瀬戸内海の孤島へやって来た金田一探偵が、連続殺人事件の謎を解いていく

――横溝正史の代表作の一つだ。

もちろんジャンルは本格推理もので、死体が木の枝からぶら下げられたり、釣り鐘に押し込められたりと残酷なシーンも多い。意外な真犯人だけではなくやるせない結末も印象に残ったが、一つだけ驚いた記憶がある。普通なら公共の電波に乗りそうもない放送禁止用語が、物語の重要なキーワードだったからだ。

『決して横溝正史が悪いわけではありません。とても有名な作家ですし……ただ、扉子さんがどうして何十年も前の大人向けのスリラー小説を選んだのか、不思議に思いまして』

妙に粘っこい口調で言う。悪いわけではないわりに、わざわざこうして電話をかけてきている。結局用件はなんなんだろう。

「……俺もよく分からないですね。うちにも『獄門島』の在庫はありますが、扉子が読んでいるところを見たことはありません」

俺の知る限り、扉子は大人向けの本格推理ものをほとんど読んでいない。以前は江戸川乱歩の少年探偵団ものを熱心に読んでいたが、あのシリーズに推理ものの要素は少なく、血なまぐさい事件も起こらない。

『では、ご両親の意向で扉子さんに読ませているわけではないんですね？』

さりげない調子だったが、俺ははっとした。相手がなにを知りたがっているのか分かった。俺たちが娘に血なまぐさい小説を強要しているのではないかと疑っているのだ。子供に無理やりポルノを見せる虐待行為があると聞いたことがある。

「古書店なので色々なジャンルの本はありますが、扉子は読むものを自分で選んでいます。親の方から口出しすることはありません」

俺は感情を抑えて答える。痛くもない肚を探られるのは嬉しくないが、担任教師として確かめるのは当然だと思った。

『それは扉子さんが希望すれば、どんな本でも与えているということでしょうか』

一瞬、俺は答えに窮した。

「そういうわけではありませんが……あまり注意する必要を感じていなかっただけです。刺激の強い本に興味を示していなかったので」

あくまで親から見ての話で、本当に興味がないのかどうか分からない。俺たちの目を盗むのは簡単ではないはずだが、不可能とまでは思わない。なにしろ栞子さんの血を引いている。

「もちろん親に隠れて読んでいるかもしれません。先生方から見て、気になるものを読んでいることはありましたか？」

素直に尋ねると、担任はしばらく黙りこんだ。

『いえ、そういったことがあったわけでは……夏休みが終わってからは、岩波文庫で古い文学作品をよく読んでいるようです。近頃は大人でもなかなか読まないのに、と職員室で話題になっているんですよ』

声が柔らかくなっている。扉子は好きな本を読んでいるだけで、話題になりたいとも思っていないだろう。

本当に『獄門島』でいいのか、扉子さんに聞いてみて下さいと言って担任は電話を切った。要はもっと大人受けする本で感想文を書くよう勧めて欲しいということだろう。例えば岩波文庫に収録されている「文学作品」に。

大人側の思惑を押し付けるのは馬鹿げているが、急に『獄門島』を読み始めた理由は気になった。本人に確かめてみるか？　いや、小学三年生にもプライバシーはある。親には秘密にしたいのかもしれない。迷っているうちに、帰宅した扉子に話しかけられた。

「今度の土曜日、由比ガ浜のもぐら堂で本を買ってもいい？」

取り置きしておいた『獄門島』を買いに行くのだという。読書感想文を書くんだ、と嬉しそうに付け加える。別に秘密ではなかったようだ。価格は三千円。わざわざ断りを入れたのは、高い本を買う時は親の許可を取るように、と俺たちが注意していたからだ。

「買ってもいいけど、新刊でも読める小説だよ。お母さんの書庫にもあるし」

「もぐら堂にあった本で読みたいの！　表紙のイラストがすごく怖くて迫力があって、それが気に入ったから」

古書店で買うのだから新刊ではないのだろう。怖そうなイラストというと、古い角川文庫だろうか。

「読みたくなったのは、表紙が怖そうだったから？」

「それだけじゃないよ。立ち読みしたら最初のページに、横溝正史の言葉があってね……ミステリーの面白さは謎解きにある、読者諸君も金田一探偵に負けないように謎を解いてみたまえ、だって。今までミステリーにあんまり興味なかったけど、作者の挑戦状があるなんて面白いなあって」

そんな序文が『獄門島』にあったとは知らなかった。読者への挑戦状は古くから探偵小説にはよくある仕掛けのはずだが、馴染みのないこの子には新鮮だったのかもしれない。

「ちょっと立ち読みして、やっぱり続きが気になって。めぶきコンクールでは『獄門島』の感想文を書くことに決めたの」

事情はだいたい分かった。たとえ「大人向けのスリラー小説」でも、この子が自分で決めた以上は大人が口を出すことではない。子供がなにを読んでもいいとまでは思わないが、自分がどんな行動を取るべきか、大抵の人間は自分で判断できるはずだ。担任にはその日のうちにメールを送っておいた。本人が『獄門島』で感想文を書きたがっているので、とりあえずは見守って欲しい、と。

これがもぐら堂に俺たちが来るまでのいきさつだ。

いや、大事なことを書き忘れていた。次の日の朝、扉子が学校へ行ってから、イギリスにいる栞子さんとパソコンでビデオ通話をした時のことだ。

彼女は母親の篠川智恵子の仕事を手伝うために、先週からロンドンへ行っている。あちらの時刻は真夜中らしく、パジャマの上にガウンを羽織った姿で現れた。今日は母親と一緒にロンドンの業者と古書を取り引きしたらしい。ただでさえ人見知りの彼女が英語で長時間話すのは負担だったらしく、顔には疲れが滲んでいた。

相変わらず母親とはしっくり行っていないが、仕事はどうにかできているようだ。あの母娘（おやこ）の間には本がある。古い本によって結ばれる関係もあるのだ。

仕事のことを話した後、そちらでなにか変わったことはありませんか、と水を向けられた。ちなみに結婚して十年経った今も言葉遣いは敬語のままだ。この方がお互い自然なのだから仕方がない。

俺が『獄門島』の件を報告すると、彼女は深く考えこんでいる様子だった。

「心配しなくても大丈夫ですよ。別の本で感想文を書け、とまで言ってるわけじゃないし、あの先生なら話せば分かってくれると思う」

慌ててフォローする。娘が自分と同じような目に遭ったことを気に病んでいるのかと思ったが、モニター越しに彼女は首を振った。

『いえ、気になっているのは他のことです……扉子はどの版の『獄門島』を買おうとしているんだろうって』

「どういうことですか？」

『あの作品で古書価のつく版はいくつかありますが……一九四九年に岩谷書店から出た初版は二、三万の値が付きますし、一九七一年に角川書店で文庫化された時の初版も、状態のいいものは六、七千円はします……三千円という価格は微妙ですね』

そういえばちらっと妙には思った。これまで俺も何冊もの『獄門島』を売り買いしていて、それなりに知識も身についている。

「状態が悪い角川文庫の初版、とかだと思ってました。迫力があって怖い表紙って言ってましたし」

　俺は若い女の死体が大きく描かれたカバーイラストを思い浮かべていた。一番よく見かけるのは一九七〇年代の角川文庫だ。様々な出版社から出ている作品だが、最初の単行本も含めて意外に地味なものが多い。むしろ古い角川文庫が異色だと思う。

『杉本一文(すぎもといちぶん)による装画は確かに迫力がありますね。今でも横溝正史の本と言えば、あの独特のタッチを思い浮かべる人は多いと思いますが……初版はデザインが違っているでしょう？』

「あっ、そうか」

　すっかり忘れていた。角川文庫の横溝正史全集は、時期によって表紙が違っている場合がある。『獄門島』も最初は比較的落ち着いたカバーイラストだったが、その後より人目を惹く強烈なものに差し替えられた。さらに映画化が決まった頃に、若い女の死体が描かれたイラストに変わったのだ。カバーが差し替えられてからの『獄門島』は発行部数も多く、ほとんど値がつかない。

「じゃ、署名本とかですかね。角川文庫の」

『それも違うと思います。角川文庫の『獄門島』には読者への挑戦状は収録されていません。これまでわたしが目にしたことのあるどの版にもありませんでした……扉子は確かに作者の序文があったと言っていたんですよね？』

俺はうなずいた。扉子の勘違いだとは思えない。

栞子さんが唇に拳を当てている。この人が分からないとすると、本当に珍しい版なのだろうか。だとすると三千円は安すぎる——。

ふと、栞子さんの口元がほころんだ。

「なにか分かりました？」

身を乗り出すと、彼女は気恥ずかしそうに両手の指先を合わせた。

『いえ、そういうわけではなくて……大輔くんと本の話をするのは、やっぱり楽しいな、と思っただけで』

そんなことを言われるとこっちも照れる。

結局、『獄門島』の序文の謎は解けずじまいだった。そろそろ開店の準備を始める時刻になったので、なにか分かったら連絡します、と俺は告げて通話を終えようとした。

『……早く日本に帰りたいです』

栞子さんがため息まじりに言った。

「扉子のこと、気になりますか」

母親としては当たり前だ。けれども、彼女はなぜか不服そうに眉を寄せている。

『もちろんそれはあります。扉子の顔も見たいですし。でも……』

顔を隠すようにぎこちなく眼鏡を直す。少し頬が赤くなっている。初めて会った頃とほとんど変わらない佇まいに、俺はつい目を奪われた。

『大輔くんにも早く会いたいと思って』

「お父さん、わたしの話聞いてる？」

扉子の不満げな声で我に返った。娘がテーブルの上に両手を突いて、俺の顔を見上げている。

「なんでさっきから笑ってるの？」

つい栞子さんとの会話を思い返してしまっていた。にやにや笑いを拭き取るように顔を撫でる。コーヒーカップを手に取ると、もう中身はなかった。

「ごめん。なんの話？」

「だからね……ひょっとして、最近は『獄門島』を読む子供はほとんどいないのかな、って」

まるで昔はそこそこいたような口ぶりだ。横溝正史の本格推理ものを愛読する小学生はいつの時代でも少なかったと思うが、どこまではっきり指摘すべきだろうか。

「まあ、もともと大人向けの小説だし……どうして急にそう思ったの」

扉子は岩波文庫の『羅生門・鼻・芋粥・偸盗』を掲げる。

「昨日の昼休み、教室でこの本を読んでたら吉田先生が来てね。『獄門島』で読書感想文を書いてもいいけれど、他の本を選んでもいいんじゃないかな、芥川龍之介はどうかしらって」

吉田というのは担任の名字だ。とりあえず見守って欲しい、という俺のメールには同意するような返信があったが、やはり口を出したくなったのだろうか。

「他の本を選んだ方がいい理由、先生はなにか言ってた？」

「人が死ぬ話の感想文が『めぶき』に載ったら、怖い話の嫌いな子も読んじゃうかもしれないからって」

俺は教師の苦しい胸の内を察した。扉子は作文が得意だから、それなりに上手い文章を書くだろう。『獄門島』の感想文が文集に載るのは避けたいが、本の内容を理由に落選させてしまうと問題が大きくなる。自発的に扉子が別の本に替えてくれるのが一番いいというわけだ。

「『羅生門』にも死んじゃった人が出てくるよって言ったら、じゃあ『芋粥』はどう、だって。この前は芥川龍之介を読むなんて偉いね、って誉めてたのに。どこまでが大丈夫で、どこからが駄目なのかよく分からない……みんな同じ本なのに」

扉子は低い声でつぶやく。小さな手が愛おしそうに岩波文庫の表紙を撫でている。優しい手つきは古書を扱う時の栞子さんを思わせた。

「紙の本って、そこにあれば誰でも読めるでしょう。本の方はなにも言わないのに、人間の方は色んなこと言ってくるよね……子供は読んじゃいけないとか、あれを読みなさいとか、なんでそんな変な本読んでるのとか……なんだか、難しい」

目の前の娘が急に大人びて見えた。確かに難しい問題だ。感想文が「怖い話」の嫌いな子供の目にも触れてしまう、という理屈も間違いとは言い切れない。絶対に正しい答えなど誰も持っていないのだろう。

それを分かっているから、この子も俺に相談していない。難しさへの共感を求めているだけだ。ただ、なんの答えも期待されていないのは、本当にいいことなんだろうか？　大人として恥ずかしいことなんじゃないのか？

「あのー、ちょっといいですか」

間延びした声が降ってくる。白いシャツと黒いジーンズの若い女性がテーブルの横に立っていた。さっき一階のレジにいたアルバイトの店員だ。鏡を見ながら自分で切ったような、ざっくりしたボブカットが目を惹いた。

「さっき、一階で本を取り置きしてたお客さん、ですよね？　……あれ、違う？」

曖昧な敬語で自信なさげに言う。接客はあまり得意ではなさそうだ。

「はいっ、違ってません！」

扉子がびしっと拳を上げる。

「一階の店長、まだ買い取りから戻ってきてないんですけど、店長のお母さんがレジに入ってるんですよ。取り置きのことも分かるんじゃないですかね」

他人事（ひとごと）みたいな言い方だ――いや、本当に他人事なのかもしれない。席を離れていった彼女は、一階へ戻らずにカフェの厨房（ちゅうぼう）に入っていく。よく見るとカフェにいるスタッフとまったく同じ服装をしていた。もともと二階のカフェのアルバイトで、一階のレジには臨時で入っただけだったのだろう。

「行こう、お父さん」

岩波文庫を子供用のショルダーバッグに入れて、扉子はぱっと立ち上がった。

俺と扉子は古書売り場へ降りる。

店内には天井近くまである書架が何列も並び、通路の什器(じゅうき)にも大判の古書が積み上げられている。お洒落(しゃれ)な二階のカフェとは違って、一階は昔ながらの古書店だ。ビブリア古書堂に似ている一階の方が俺には落ち着く。

同じ古書組合の支部に属しているから、もぐら堂の店主とは面識がある。俺より一回りぐらい上の、戸山という無口な中年男性だ。亡くなった父親が開いたもぐら堂を十五年ぐらい前に継いだと聞いている。古書会館で顔を合わせると挨拶する程度で、きちんと話したことはない。店に来るのも初めてだった。

改めて店内を眺めると、少し気になることがある。最近では売れそうにない郷土史や近代文学の全集物が目に付く。定期的に品物を入れ替えていないようで、古書店にしては緩んだ雰囲気だ。個人の書庫に足を踏み入れた気分だった。

微妙な雰囲気をよそに、扉子は鼻歌交じりに奥のカウンターへ近づいていく。レジの前に年配の女性が座っていた。ショートにした髪は真っ白で、背中もかなり曲がっている。いかにも手編みらしい、ぎっしり目の詰まった赤茶のセーターを着ていた。この人が店主の母親なのだろう。憂い顔でカウンターに頬杖(ほおづえ)を突いている。

「こんにちは！　また来ました！」

扉子が元気に挨拶すると、彼女ははっと手のひらから顔を上げた。

「あ、ああ……先週来てくれたお嬢ちゃんね。こんにちは」

引きつった笑みを浮かべる。『獄門島』を取り置きした時、扉子と顔を合わせていたようだ。

「『獄門島』買います！　お金持ってきたので」

ショルダーバッグを開けて、小さな財布を取り出す。店主の母親が苦しげに顔を歪める。なにかよくないことが起こった様子だった。

「ごめんなさい……実はね、取り置きしておいた本が見当たらなくて」

千円札をつまみ出していた扉子が静止した。言葉もなく両目と口をぱかっと開けている。この子がこんなに驚くことは滅多にない。

「昨日の夕方まで変わったことはなかったのに……わたしが一階のレジを締めた時には、ちゃんとこの棚に置いてあったのよ」

そう言いながらカウンターの内側、レジの真下あたりを指差す。俺たちからは見えないが、そこに取り置き用の棚があるのだろう。

「今日の午前中は家事をしていて、店には来られなくって……お昼を食べてからやっと来たら、相馬さん……ここにいた二階のアルバイトの子、あの子から取り置きのお客さんが来たと聞いたけれど、棚を見たら空っぽだったのね。吉信の携帯に電話しても通じないし……でも、吉信は取り置きの本を急に移すようなことをしないはずよ。とにかく、どこを捜しても見つからなくて……本当にごめんなさいね」

取り乱すと多弁になるタイプのようで、話は今一つ要領を得ない。取り置きしてあった『獄門島』が昨日の夜から今日の午前中の間に消えたこと、店主のフルネームが戸山吉信だということはとりあえず分かったが。

「取り置きの本の場所は、どなたがご存じだったんですか？」

俺が尋ねる。扉子はまだショックから立ち直れないらしく、石像のようにぴくりとも動かない。取り置きの商品を紛失するのは許されないミスだが、どの店でも起こりうることでもある。

「息子とわたしだけです。今はほとんど二人で一階の店をやっていますから。息子の嫁もアルバイトの子たちも、みんな二階の喫茶店にかかりっきりで……たまに店番に入るぐらい」

声音に苦いものが混じった。人手の少なさに不満があるのかもしれない。二階の混み方を考えれば仕方ない気もするが。

「話が分かりにくくてごめんなさいね。息子というのはこの店の経営者で……三年前に藤沢の長後からここへ引っ越してきた時、息子の嫁が喫茶店を始めたんです。わたしたちはこの近くの借家に四人で暮らしていて……ああ、小学生の孫も入れて、四人ということですけれども」

「息子さんとは組合でお目にかかったことがあります。うちも古書店ですから」

また話が逸れていきそうだったので、俺は仕方なく口を挟んだ。ビブリア古書堂の名刺を差し出すと、店主の母親の顔に喜色が広がった。

「ああ、北鎌倉のビブリアさん。懐かしいわ。亡くなったうちの主人が、お宅には昔ずいぶんお世話になったんですよ」

この女性の夫を「世話」したなら、栞子さんの父親ではなく祖父の代だろう。ビブリア古書堂は五十年以上前から、古書に関する様々なトラブルの相談に乗っている。もぐら堂でも昔なにかあったのかもしれない。

「今はお孫さんが店をやっていらっしゃるんでしょう？　あなたがそのお孫さん？」

「いえ、妻が今の経営者です。彼女が初代の孫で……今は夫婦二人で店をやっています」

口元の笑みが少し萎んだ。妙な沈黙が流れる。

「そう、女の人がお店の経営を……」

意外なことが気になるようだ。今の時代、女性の古書店主は珍しくないと思うが。

「じゃあ、こちらのお嬢ちゃんが四代目なのかしら。今、何年生？」

「……三年生です」

扉子が黙っているので、代わりに俺が答えた。

「あら、うちの圭と年は一緒だわ。本当に可愛らしい。ああ、圭ってのはうちの孫娘なんですけどね、お嬢ちゃんとは大違い。あの子なんてよく人から……」

「わたしの『獄門島』、どこへ行ったんですか」

扉子が沈んだ声で尋ねた。ずっとそのことを考えていたのだろう。店主の母親がおろおろとカウンターの外へ出てきた。

「今から調べるけれど……ひょっとして、午前中にここで店番をしていた人が、他のお客さんに売ってしまったかもしれないの。もし見つからなくても、同じものを用意して必ずお嬢ちゃんに売るから、もう少しだけ辛抱して頂戴ね」

「……他のお客さんには売ってないと思う」

ためらいなく言い切った。俺は思わず娘の顔を見つめる。レンズの奥にある両目は強い自信に満ちている。

「午前中の人が店番だけなら、品出しはしないでしょう。取り置きの本には触らないはず」

謎を解く時の栞子さんにそっくりの口調だ。不安が頭をもたげる。俺はできれば扉子に古い本の事件と関わらないで欲しいと思っている。時として本を求める人の心には悪意があるのだ。以前の栞子さんや俺のように、危険な目に遭いかねない。

「カウンターの中に置いてあった本を見て、お客さんが欲しいって言ったのかもしれないよ」

俺が控えめに異議を唱えると、扉子は即座に首を振った。

「たぶん、それもない。カウンターのこっち側から取り置きの棚は見えないんだから、他のお客さんがそんなこと言えるはずない」

俺は苦笑した。人の意見を案外ばっさり斬り捨てるのも、栞子さんとよく似ている。確かにこの子の言うとおり、今日の午前中にふらっと現れた客が買っていった可能性は低そうだ——いや待てよ。

「その『獄門島』に興味を持ったお客さんは他にいなかったんですか？　例えば先週の日曜、この子が取り置きする前、ということですけど」

取り置きをした先週の時点で、棚に『獄門島』は並んでいたはずだ。目にした客が扉子だけとは限らない。店主の母親はしばし考えこんだ。

「どうだったかしら。一人か二人、手に取ったお客さんがいた気はしますけれど……

あの本が売り場に出ていたのは、ほんの短い時間だけだったんですよ。息子はあの日も朝から宅買いに出かけていて……わたしが開店してすぐに値札を書いて、カウンターの前の棚に『獄門島』を置いたんです。昼過ぎにはもうお嬢ちゃんがここへ来ていたから、ほんの二時間ぐらいかしら」

俺はうなずいた。もし他にも『獄門島』を目にした人間がいたのなら、なにが起こったのかは説明がつく。

「あくまで想像ですけれど……」

「あっ、分かった……先週ここで『獄門島』を見かけたお客さんが、今日の午前中にもう一回来て、あの本下さいって言ったかもしれないってことだよね」

小学生の娘に説明を先取りされてしまった。

「レジにいるのがアルバイトの人だったら、カウンターの下にあるのが取り置きの本だって知らないから、そのまま売っちゃうかもしれない……そういうことでしょ？」

まあ、そういうことだが、質問一つで瞬時にそこまで理解するとは。咳払いして話を続けた。

「差し支えなければ、レジを確認していただけますか。売り上げが記録されているかもしれません」

「ええ、ちょっと待って下さいね」

店主の母親がレジのカバーを上げて、記録紙のリールを引っ張り出す。うちの店と同じ古いタイプのレジだ。ポケットから出した老眼鏡をかけて、記録紙に目を近づけたり離したりする。

「今日の売り上げは……一件。金額は三百……じゃなくて、三千円。これかもしれない。ああ、忘れてた。値札もあるはずだわ」

ドロワーの硬貨入れを持ち上げると、下のスペースに「もぐら堂」と店名の入った二つ折りの小さな紙が入っていた。ビブリア古書堂では値札ごと品物を売っているが、この店では挟んでおいた値札を売る時に回収しているようだ。

横溝正史『獄門島』　朝日ソノラマ　三〇〇〇円

（朝日ソノラマ？）

やっと出版社が分かった。文庫本やコミックスを中心に刊行していた出版社で、かなり前に廃業しているはずだ。金田一ものも出していたのか？なんとなく記憶に引っかかるものがある。ずっと昔、どこかで朝日ソノラマの金田一ものを見たような。

ここに栞子さんがいれば、すぐに答えてくれるのに。

「本当に売れちゃったんだ……」

扉子の顔がさらに青ざめている。値札まであるということは、『獄門島』はすでに他の客の手に渡っている可能性が高い。俺にはもう一つ別の事実が胸にこたえていた。二階のカフェがほぼ満席だというのに、一階の売り上げは朝から三千円の本一冊だけだ。完全に古書売り場は素通りされている。

「売れたのは何時頃ですか？」

俺が尋ねると、店主の母親は再び記録紙に視線を落とす。

「今日の……十時、七分。一階が開店してすぐだわ。二階の喫茶店はまだ始まっていないけれど……あら、この時間ならまだ息子は店にいたんじゃないかしら」

扉子が俺の顔を見上げる。一体どういうことだろう。店主の戸山が取り置きの本を他の客に売るようなミスをするとも思えないが。

その時、ガラス戸が開いて黒いレインコートを着た中年の男性が入ってきた。顎の張った四角い顔に筆で描いたような太い眉。背はそれほど高くないが、岩のような体付きは俺よりもいかつい。もぐら堂店主の戸山だった。宅買いを終えて戻ってきたらしく、入り口のマットで丁寧にコートの水滴を払っている。

「吉信、何度も電話したのよ」

真っ先に声をかけたのは母親だった。戸山はコートを脱いで俺たちの方に近づいてくる。

「悪い。携帯の充電を忘れて……あ、ビブリアさん。これはどうも」

俺に気付いて挨拶する。こちらも頭を下げて応じた。

「今日は雨の中、どうされました」

素っ気なく用件を尋ねる。口下手なだけで、歓迎していないわけではないと思う。

俺が口を開く前に、彼の母親が口を開いた。

「あんた、カウンターの下にあった『獄門島』、どうなったか知ってる?」

前のめりに質問されて、戸山は訝しげに目を細めた。

「先週の日曜、俺のつけた付箋でお袋が値札を書いたやつだろう。店に出してすぐ、お客さんが取り置きしたって言ってたじゃないか」

「取り置きの棚にないんだよ。十時過ぎに売れたみたいだけど、あんたが売ったの?」

「いや、違う。予定より早く来てほしいってお客さんから電話が入って、開店前には宅買いに出てたよ……末莉子に頼んで二階の相馬さんを一階のレジに回してもらった。

彼女が売ったんじゃないのか」

「それがね、別の人に売ってしまったみたいなんだよ」

「えっ……」

戸山は絶句した。それから俺に向かって深く頭を下げた。

「ビブリアさんが取り置きされたんですか……申し訳ありませんでした」

「取り置きしてもらったのはわたしです」

扉子が口を挟む。店主は八歳の娘をまじまじと見つめる。初めて存在に気付いたようだった。

「き、君があの本を……？」

金田一ものを読む小学生がいるとは想像していなかったのだろう。信じられないという顔つきで俺に向かって確認する。

「……本当ですか」

俺はうなずいた。聞いていた扉子が唇をとがらせる。

「わたしがお小遣いで買うんです。あの『獄門島』で読書感想文を書いて、うちの学校でやっているコンクールに出すの」

戸山はカウンターの上に置かれている値札を見下ろす。それから、難しい顔つきで記録紙のリールを手に取って確認した。かすかなため息が口から洩れる。

「あの、他のお客さんに買われちゃってたら、もう在庫はないですか」

リールを元に戻そうとしていた戸山は、その場にしゃがんで扉子と目線の高さを揃えた。普段から子供と接している人のしぐさだ。

「残念だけど、うちにもあれは一冊しかないんだ。よその店でもなかなか出ないはずだよ。おじさんもずっと昔に買って、大事にしてきたものだったんだ」

遠くを懐かしむような声だった。つまり長年大事にしてきた蔵書なのだ。どうして売り場に出したのだろう。がっくり肩を落としている扉子に、戸山は真剣に語りかけた。

「せっかく取り置きしてくれたのに、本当に済まなかったね……買っていったお客さんを捜して、返品してもらえないかよう頼んでみる。母さん、悪いけど内線で二階の相馬さんを呼んで……」

そう言いかけた時、階段を駆け下りてくる足音が響いてきた。現れたのはたった今呼ぼうとしていた相馬という女性アルバイトだった。

「すいませーん、一階ってビニールの手提げ袋使ってましたっけ。二階でお持ち帰り用の手提げが足りなくなっちゃって……」

「相馬さん」

店主が改まって名前を呼んだ。

「はーい、なんです？」

呼ばれた方は緩んだ声で答える。

「一階のレジに入ってる時、このカウンターの下にあった横溝正史の『獄門島』、お客さんに売りましたか」

丁寧な言葉遣いにはかえって迫力がある。一瞬、相馬が表情をこわばらせた。

「あ、あれか……売りましたけど。店長が出かけてすぐ、欲しいってお客さんが来て。それがどうかしました？」

「あの本、わたしが買うはずだったんです」

扉子の言葉に相馬は目を丸くした。

「えっ、ほんと？　取り置きしてた本って、あれのことだったの？」

驚きようを見る限り、彼女はなにも知らなかったようだ。最初にこのカウンターで話した時、扉子は書名を口にしなかった。「取り置きの本を買いに来ました」と言っただけだ。まさか『獄門島』だとは思わなかったのだろう。

「誰に売ったのか、憶えていますか」

戸山が質問を重ねる。相馬がさかんに視線を泳がせる。

「えー、だ、誰だったかな……見覚えは、あったような……」

「ひょっとして、週末の午前中たまにいらっしゃる方かしら。ほら、ジョギングついでにここへ寄られる方。相馬さんも見たことあるでしょう？」

戸山の母親が横から口を出した。

「そ、そうかもしれないですねー」

相馬は場違いに大きな声を上げた。明らかに様子がおかしい。なにかを隠している。

「お客さんの服装を憶えてますか。やっぱりジョギングみたいな感じでした？」

俺は緊張をほぐすつもりで、なるべく答えやすそうな質問を投げかけた。

「いえ、今日は普通の……シャツとデニムとセーターで……荷物は持ってなくて、本当にちょっとだけ顔を出したって感じで」

「午前中ならかなり雨が降ってたはずですけど、レインコートとかは？」

「着てなかったです」

服装については答えに迷いがなかった。おそらくこの人は嘘をつくのが苦手で、口にできる範囲の事実を並べている。

「はいっ！」

授業で質問する時のように、扉子が突然高く手を挙げた。

「そのお客さん、買った本をどうやって持って帰ったんですか？」

相馬は戸惑ったように俺の顔を窺う。いや、父親の俺にも意味が分からない。

「どうって……わたしが紙袋に入れて本を渡したから、それを抱えて……」

「その人、ビニールの手提げが欲しいって言わなかったんですか？」

扉子が重ねた質問にはっとした。今日の午前中には横なぐりの強い雨が降っていた。紙袋で本を渡されたら、普通は濡れるのを心配する。レインコートもバッグもないのだから。

「い、言ってたかな。うん。そういえば」

「でも、ビニールの手提げの場所、知らないでしょ？　その後どうしたの？」

相馬は目を白黒させた。彼女はたった今「一階ってビニールの手提げ袋使ってましたっけ」と尋ねていた。もし欲しいと言われても出せるわけがない。

「……そのお客さん、本当に外へ出て行きました？」

と、俺は尋ねる。

さっきから相馬はその客がもぐら堂を出て行ったとは一言も口にしていない。もし『獄門島』を買って二階へ上がったなら、本が濡れるのを心配する必要はない。

もちろんカフェの客ではない。まだ二階は開店準備中だった。つまりその「客」というのは——。

「あ、分かった。二階の店員さんが買ったんだ……お父さん、すごい」

きらきらした瞳で誉めてくれるが、実際は大して凄くない。そこに俺が気が付いたのは扉子が袋のことを尋ねたからだ。もう少し時間をかければ、この子も同じ結論に辿り着いただろう。俺にはこの十年、妻と一緒に本にまつわる事件に関わってきた経験があるだけだ。

「今朝、二階で働いていらしたのは？」

俺は戸山に尋ねる。

「二人です。この相馬さんと……妻の末莉子が」

戸山の妻の名前はさっきも聞いている。二階に二人しかいなかったなら、誰が買ったのかは明らかだ。戸山が重々しく口を開いた。

「『獄門島』を買ったのは末莉子ですね」

「はい……そうです。すいません」

相馬は小さな声で謝罪する。

「店長が出て行ってすぐ、奥さんが一階に降りてきたんです。カウンターの下にあの本があるのを知ってたみたいで『これ買うからレジ打って』って……隠すつもりはなかったんですけど、奥さんに口止めされちゃったんですよ。このことは誰にも話さないでって」

夫には知られたくなかったのだ。きっと不在のタイミングを狙ったのだろう。

「末莉子は本を買った理由を言っていましたか」

「い、いいえ。この本欲しかったんですかって訊いたら、そういうわけじゃないけどって……それ以上はなんにも」

話を聞いていた戸山が苦しげに頬を歪めた。欲しくもない本を妻がなぜ買ったのか、この人には見当が付いているようだ。

「妻と話します」

と、憂鬱そうにつぶやいた。

俺と扉子は戸山の後から階段を上っていった。彼の母親とアルバイトの相馬は一階に留まっている。夫婦の話し合いに同席していいのかちらっと迷ったが、店主は当たり前のように二階で俺たちを待っていた。

ほぼ満席のカフェは相変わらず本を読んでいる客ばかりだ。さっき俺たちが座っていたテーブルには、中年の男性が新しく座っている。窓際のカウンター席にいたパーカーの少年は相変わらず読書を続けていた。俺たちの足音が気に障ったのか、一つ離れた席に座っていた若い女性客がちらっとこちらを振り返った。

誰も話をしない店内では小さな音も大きく響く。配膳スペースの前を通りすぎた戸山が、無言で奥へのドアを開けて俺たちを招き入れた。

そこは古びた板張りの廊下だった。小綺麗にリフォームされた店舗とは違い、古い民家の間取りを残している。戸山が立ち止まったのは玄関マットの敷かれた襖の前だった。

「末莉子、入るよ」

襖を開けた彼は靴を脱いで敷居をまたいだ。もぐら堂の事務所は畳敷きの和室だった。丸いちゃぶ台や古びた障子はきっと改装前からこの家にあったのだろう。スチール製のロッカーやキャビネットも置かれていて、かろうじて店舗の事務所らしい雰囲気を漂わせている。窓際に置かれたデスクの前で、長い髪を首筋で束ねた眼鏡の女性がパソコンに向かっていた。白いシャツと黒いジーンズの上にグレーのセーターを着ている。相馬の話どおりの服装だった。

「ん？　どうしたの？」

戸山末莉子は眼鏡を外しながら立ち上がる。年齢は戸山と同じぐらい。すらりとした長身で、目線の高さは夫とほとんど変わらない。

「圭はどこに行ったんだ」

事務所を見回しながら戸山は尋ねる。圭という名前はさっき一階で耳にしている。この夫婦の娘だ。

「うちに帰ったんじゃない？ 午前中はここで宿題やってたけど、さっきわたしが昼休憩から戻った時にはいなかったから……こんにちは。失礼ですけれど、前にもお目にかかってます？」

挨拶と質問は俺たちに向けられていた。接客に慣れた人らしく物言いがきびきびしている。俺は軽く頭を下げた。

「いえ。初めまして。ビブリア古書堂の篠川です」

「篠川扉子です！ こんにちは！」

親子でほとんど同時に挨拶してしまった。戸山の妻は微笑んだが、夫の方は硬い表情を崩さなかった。

「……少し、話がある」

ちゃぶ台を囲んだ俺たちは、これまでのいきさつを戸山末莉子に説明する。『獄門島』が取り置きされていたことを知らなかったようで、聞いているうちに顔色が変わっていった。

「とにかく、あの本はこのお嬢さんのものなんだ。返してもらえないか」

戸山が申し出ると、彼女は何度もうなずいた。

「ええ、もちろん。本当にごめんなさいね、迷惑をかけて……まったく、余計なことをするもんじゃないわ。今、持ってくる」

そう言って立ち上がりかける。『獄門島』は無事扉子の手に渡りそうだ。一体どういう『獄門島』なのかもようやく分かる——。

「おばさんは『獄門島』を読まなくていいんですか？」

不意に扉子が呼び止めた。振り返った戸山末莉子は、取り繕うような笑みを浮かべる。

「ええ、そうね……わたしは別に読まなくてもいいから」

「じゃあ、どうしてわざわざ買ったの？」

気まずい沈黙が流れる。読まなくてもいい本を買うという行為が、この子には理解できないのだ。

この女性がなぜそんなことをしたのか、俺にもなんとなく分かり始めていた。今回の件は偶然と行き違いが原因で、誰かの悪意で起こったことではない。だからこそ戸山は妻を問いただしたり責めたりしていない。

「おじさんがやっている一階のお店は、二階と違ってあまり繁盛していないんだ」

おもむろに口を開いたのは戸山だった。妻がなにか言いかけたが、構わずに話を続ける。

「だから、少しでも売り上げを伸ばそうと思って、自分が大事にしていた『獄門島』も売りに出した。おばさんはこっそりあの本を買っておいて、いずれおじさんに返してくれるつもりだったんだよ」

おそらく戸山の妻はたまたま一階に降りた時、夫が自分の蔵書を売ろうとしていることに気付いた。取り置きの本だと知らないまま、夫のために代金を払って二階へ持ってきたのだ。

「……大事な本」

扉子は雷に打たれたような顔をしていた。きっと我が身に置き換えて想像しているのだろう。もし自分が大事な本を手放さなければならないとしたら。彼女は延々ためらってから、やがて意を決したように声を絞り出した。

「あの本、買わない方がよかったですか……？」

俺は驚いた。この子は罪悪感を感じている。このまま『獄門島』を買わずに帰ろうかと考えているのだ。読みたい本を読まずに済ませようとするなんて、これまで一度もなかった。

「いや、違う」

断固として戸山は答えた。

「おじさんがあの本を売りに出して、君が買ったんだ……あれは、君が持って帰るべきものだ」

「でも……」

「気にしなくていい」

戸山は不器用に笑いかける。

「あの『獄門島』はおじさんが小学生だった頃に古書店で買って、初めて読んだ金田一ものだったんだ。わくわくしながら読んだよ……でも、もう十分に長い間おじさんの本棚にあった。これからは君が大事にしてくれると嬉しい」

なんとこの人もかつては『獄門島』を愛読する小学生だった。判断に迷ったのか、娘は俺の顔を見上げる。この人が手放す覚悟を決めている以上は、素直に受けるべきだろう。黙ってうなずいて見せると、扉子は力強く答えた。

「……大事にします」

ふと、妙な考えが頭に浮かんだ。

もし戸山が扉子と同世代だったら、きっと本の話ができる友達になってくれた——学校でも娘が一人ぼっちになることはなかっただろう。

「末莉子」

きちんと座り直した戸山が、妻に向かって深々と頭を下げた。

「これまですまなかった」

「え？　な、なに？　どうしたの急に」

彼女は目を丸くする。

「前の店からここへ引っ越してきた時、正直ブックカフェがうまくいくと思っていなかった……本を扱うのがうちの本業だと自分に言い聞かせて、お前のやっていることを見ないようにしていた」

普段の夫がこんな風に自分の胸の内を語ることはないのだろう。妻は軽く口を開けたまま聞き入っている。

「カフェを始めたことにお袋もいい顔をしなかったし、ずっとやりづらかったはずだ……でも、お前には経営のセンスがある。親父の店を引き継いだだけの俺とは違う」

「……そんなことないわ」

戸山末莉子がやっと声を上げた。

「お義父さんの店を継いでから、あなたは前のところで十年以上も頑張っていたでしょう。それにね、本を扱うのは今でもうちの大事な仕事よ。二階はブックカフェなんだから……わたしには古書のことがよく分からない。あなたの知識はもぐら堂になくてはならないものなの」

戸山はうなずきながら聞いている。夫の方も妻の考えていることを知らなかったらしい。ふと、彼は深く息をついた。

「こういう話を、もっと前にするべきだったたな。そうしていれば、今日みたいなことは起こらなかった」

（そうしていればこんなことは起こらなかった）

唐突に苦い記憶が蘇る。横溝正史の古書という共通点のせいかもしれない。十年近く前、上島家で起こった『雪割草』の事件の時に聞いた言葉だ。俺と栞子さんの間ですら、めったに話題にのぼることはない事件。家族同士が最初から互いの気持ちを言葉にしていれば、あの結末も避けられたのではないか——。

　ふと、と俺は自分の隣に娘が座っていないことに気付いた。立ち上がって部屋の中のものを好奇心丸出しで眺めている。自分から質問したくせに、大人同士の会話に飽きたらしい。こういうところはまだ子供だ。

「よそのお店の事務所を勝手に見たら駄目だよ」

「……『獄門島』を捜してただけ」

　扉子が不満げに答える。あ、と声を上げて戸山末莉子が膝を上げた。

「そうそう、あの本を出そうとしてましたよね。この事務所ではなくて、お店の方に置いてあるんです」


　俺たち四人はカフェに戻った。厨房前の配膳スペースで立ち止まった戸山末莉子は、天井に近い小さな戸棚を開けた。ペーパータオルやナプキンといった消耗品のストックを入れておく場所のようだが、一番上の段にずらっと本が並んでいた。『自分でカフェを開きたい人の本』など、飲食店経営に関する新刊書籍ばかりだ。

「ここにわたしの本と一緒に入れておいたんだけど……えっ？」

　彼女は慌てふためいて戸棚を探り始める。島野書店のビニール袋に入っていた、真新しい本も引っ張り出して確かめた。顔から血の気が引いていく。

「嘘……ないわ。ここへ入れたのに……」

全員が唖然とした。まさかまだトラブルが起こるとは。

「事務所に置いたんじゃないのか？」

そう尋ねる戸山の声も動揺している。

「確かにここよ。間違えるわけない。ほんの数時間前のことなんだから」

「『獄門島』がここに入っていたことを、他の方はご存じなんですか」

とりあえず状況を整理しようと、戸山の妻に質問する。

「誰にも話していません。本をしまった時、二階で開店準備をしていたのはわたし一人でした……もし戸棚を開けたとしても、スタッフは誰も触らないはずです。わたしの私物だとみんな知っていますから。一体誰が、どうして……」

この人はもちろん、ここの店員に『獄門島』を隠す理由はないはずだ。けれども確かに本は消えた。一体どこに行ったのだろう。

俺は店内を見回す。事務所へ行く前に通り過ぎた時と、客やスタッフの顔ぶれはほとんど変わっていない。なにかを読んでいる一人客ばかりだ。俺たちも座っていたテーブル席の男性は帰ったらしく、若いスタッフがトレイに空のグラスを載せている。

小さな違和感が胸に点った。

（……一人客？）

さっきこのカフェで扉子と時間を潰していた時、俺たち以外にももう一組二人連れがカウンター席にいた。今は一人で座っている——連れは帰ったのか？　いや、本当に二人連れだったのだろうか。

「二階でもらった紙袋に入れたまま、『獄門島』を戸棚にしまったんですか？」

カウンター席の方を見ながら、戸山末莉子に尋ねる。

「いいえ。たまたま駅前の本屋で買ったばかりの本があったので、そこのカバーをかけましたけど」

予想どおりの答えだった。この戸棚には店で使う備品も入っている。二階のスタッフも開けるし、ひょっとすると夫や姑も開けるかもしれない。一階で使っている紙袋があれば人目を惹く。もちろん『獄門島』をむき出しのまま並べておくわけにもいかない。

今、どこに本があるのか分かった。

そう思った時、既に扉子は迷いのない足取りでカフェを横切っていた。俺より早く答えに辿り着いたのだろう。

立ち止まったのはパーカーのフードをかぶった子供の後ろだった。隣のスツールは空いていて、父親らしい男性の姿はどこにもない。たまたま隣に座っていただけで、父親ではなかったのだ。俺と扉子が親子だったから、彼らもそうだと思いこんでしまった。

「あのー」

扉子は声をかけたが、反応はなかった。両耳がイヤホンで塞がれている。続いて肩を叩くと、その子は驚いたように回転式のスツールごと振り返った。島野書店のカバーがかかった本を開いたままだ。

「……えっと、なに?」

イヤホンを外しながら、甲高いソプラノで扉子に問いかける。

俺はあと二つ誤解していた。

戸山末莉子が『獄門島』を戸棚にしまった時、相馬を除けばこの店にいるのは彼女だけだと思いこんでいた。しかし戸山は妻と顔を合わせてすぐ、娘はどこに行ったのかと尋ねていた。スマホのバッテリーが切れていたから、外にいる間は誰とも連絡を取っていない。それでも娘が店内にいることを知っていた。

つまり宅買いに出た時点で、戸山夫妻の娘は店へ来ていたわけだ。母親が『獄門島』をしまう姿を見るチャンスはあった。

そして、その娘が帰ったところを誰も見ていない。

「初めまして。篠川扉子です」

扉子はきちんと挨拶する。俺も二人の方へ近づいていった。もう一つの誤解は、パーカーの子供の性別だ。これまでちらっとしか顔を見ていなかった。

扉子を見た彼女の祖母は言っていた。「お嬢ちゃんとは大違い。あの子なんてよく人から……」。あの時は最後まで聞けなかったが、こう続けるつもりだったのではないか――「男の子に間違われる」。

「……戸山圭さんでしょ」

扉子に指摘されて、その子は怪訝そうにフードを取った。ベリーショートの髪と、きりっとした父親譲りの太い眉。

「それ、わたしの本です」

と、扉子は言った。戸山圭は手元の本と目の前の相手を見比べた。

「え、うちの親の本だよ。わたしがちょっと借りて読んでるだけで」

そう、この子も悪意があって持ち出したわけではない。母親がしまっているところを見かけて、興味を惹かれただけだったのだろう。

「わたしが一階で取り置きしてもらってたの。それが間違えて二階に来ちゃってて、それをあなたが借りていっちゃったの」

戸山圭は眉を寄せた。当たり前の話だが、状況が呑みこめないようだ。扉子は興味津々で開いたままのページを覗きこむ。

「どこまで読んだ？」

「事件が起きて、女の人が木から吊るされるところ」

「わたしもそこまで読んだ！　面白い？」

扉子は弾んだ声で尋ねる。

「う、うん……わりと」

今の時代でも、うちの娘の他に『獄門島』を読む小学生は存在していた。戸山圭は扉子に本を手渡す。書店カバーを取ると、その下から本来のカバーイラストが現れた。大きな釣り鐘と逆さにぶら下がった若い女の死体。昔の角川文庫に負けないほど派手だ。『獄門島』という大きな黒文字の書名が見えた。

俺も初めて見る版だ。しかし、どことなく違和感がある——ふと、書名の上に印刷された文字に目が留まった。

『少年少女　名探偵　金田一耕助シリーズ　7』

「……少年少女？」

俺は思わず声を上げる。

誤解はもう一つあった。小学生は普通『獄門島』を読まない——そう思いこんでいたが、少なくともこの本の読者は違う。

この本は児童向けシリーズの一冊だったのだ。

その夜扉子が眠った後、俺は栞子さんと店のパソコンでビデオ通話をした。ロンドンはまだ日が高いらしく、背後の窓から日が射している。

『本を、見せてもらえますか』

カメラのレンズに向かって『獄門島』の表紙を掲げる。扉子が読み終えた後に借りたものだった。

『朝日ソノラマのシリーズでしたか……』

パソコンの前で栞子さんは天井を仰ぐ。なにから説明するか迷うように、長い時間をかけてから口を開いた。

『……横溝正史が少年少女向けの作品を書いているのは知っていますよね』

「え？　もちろん。うちの店でも何度か扱ってますし」

特に一九五〇年代から六〇年代にかけて、ポプラ社や偕成社で刊行された少年向けの本にはかなり高値がつく。数万円の売り値がつくものもあるはずだ。それに比べればこの『獄門島』はだいぶ安いし、出版された年代も新しい。

『横溝は様々なジャンルの作品を書きこなすストーリーテラーでしたが、少年少女ものの作家としても非常に長いキャリアを持っています。初めての少年向け小説『怪人魔人』は昭和二年……一九二七年に連載されています。それから三十年以上にわたって、六十作以上も執筆しているんです』

「そんなに沢山……あれ、昭和二年って、江戸川乱歩の『少年探偵団』シリーズより前じゃないですか？」

乱歩については栞子さんからさんざん話を聞かされているし、短編なら少しは読んだこともある。彼女は嬉しそうに微笑んだ。

『そうなんです。乱歩が初めての少年もの『怪人二十面相』を書き始めたのは昭和十一年。横溝の方が十年も前ですね』

つまり少年向けのジャンルでは横溝の方が先輩というわけだ。そこまでは知らなかった。

『朝日ソノラマの『名探偵　金田一耕助シリーズ』は横溝ブームの一九七四年から七五年にかけて、全十巻で刊行されました。金田一が登場する少年ものの代表作『仮面城』や『黄金の指紋』が収録されています。どちらも謎の怪人と金田一たちが対決する、活劇の要素が強い内容です』

「少年向けの金田一ものがあったんですね……」

それは初耳だった。いつも陰惨な殺人事件を捜査しているものだと思いこんでいた。そもそも颯爽と怪人と戦う金田一探偵がうまくイメージできない。あまり強そうな感じのしないキャラクターだ。

『大人向けの作品から探偵役を流用するのは、乱歩の少年ものでも行われています。ただ、横溝の少年向け作品で探偵役を務めるのは、戦前の大人もので活躍した由利麟太郎が多く、金田一が登場する作品はあまりないんです。そのせいかこのシリーズでは、由利麟太郎を金田一に差し替えたものが収録されています。『夜光怪人』や『鑞面博士』などがそうですね』

「差し替えって……全然違うキャラクターですよね」

『もちろんです。そのせいで不自然な展開になった作品もありますが……細かなことは気にしない、大らかな時代だったんでしょう。そしてその他に、大人向けの金田一ものを児童向けにリライトして収録することになったんです』

「それがこの『獄門島』ですか……」

栞子さんがうなずいた。

『複雑な構成の長編なので枝葉は切り捨てられていますし、文章も子供向けに分かりやすく書き改められていますが、全体的なストーリーの流れやトリックはおおむね原作に沿っています』

それは死体の吊るされたカバーイラストを見るだけでも分かる。幼い読者でも原作のエッセンスが味わえるようになっているわけだ。

「そういうリライトは横溝がしたんですか？」

『いえ。横溝と親交のあった推理作家で、自身もジュニアミステリを多く手がけた山村正夫が主に担当しています。『獄門島』以外にも山村は『八つ墓村』『不死蝶』の二作品をこのシリーズのためにリライトしています』

「え、『八つ墓村』も収録されてるんですか」

『ええ。他にも中島河太郎が『本陣殺人事件』『女王蜂』のリライトを手がけています。少年少女にも金田一ものの代表作を味わえるシリーズになっているわけですね。他の作家の手が多く入っていますが、扉子が読んだという読者への挑戦状は横溝自身が書いているかもしれません』

俺は『獄門島』の扉ページの先を開く。「ミステリー好きの少年少女諸君」に向けた「作者のことば」が現れる。「諸君はよく知っている。ミステリーのおもしろさは〝謎解き〟にあるということを。」という文章から始まって、最後はこう結ばれている。

このシリーズを読む読者諸君よ。ひとつ、諸君のすぐれた頭脳をはたらかせて、金田一探偵といっしょに、いや、金田一探偵にまけないように謎を解いてくれたまえ。

ちゃんと「横溝正史」という署名もある。実際本人が書いたかどうかは別にして、金田一探偵の生みの親からこんな風に挑戦されれば、乗り気になる読者もいただろう。うちの娘もその一人だったわけだ。

「このシリーズ、うちで扱ったことありましたっけ」

ずいぶん前にどこかで見たはずだが、店で売り買いした記憶はない。

『大輔くんが入ってからはなかったと思います。市場にも滅多に出ません。刊行は横溝ブームの最中ですが、それほど売れなかったのではないかと……十冊すべてを揃えている人は横溝正史のマニアでもまずいません』

「でも、そのわりに値はつかないんですね。もぐら堂でも三千円だったし」

戸山は小学生の頃に古書店で買ったと言っていたが、見たところかなり状態はいい。当時のスリップや編集部あての感想はがきまで挟まっている。間違いなく大事に保管されてきたものだ。

『……そのことなんですが』

栞子さんの表情がにわかに曇る。俺はパソコンの前で姿勢を正した。長年の経験で分かる。今までの話はただの前置きだ。

『大人向けの金田一もののリライトが読めるのはこのシリーズだけで、そういう意味でもとても貴重なんです。その『獄門島』、もしわたしが売り場に出すとしたら……三万円以下にはしません』

「えっ！」

俺は自分の耳を疑った。桁が一つ違う。

「な、なんでそれを三千円で……まさか戸山さんが価値を知らないってことはないですよね」

『おそらくですけれど、値札を書く時に桁を間違えたんじゃないでしょうか』

（金額は三百……じゃなくて、三千円）

俺の脳裏をよぎったのは、レジの記録紙を読む戸山の母親の姿だった。老眼鏡をかけてもかなり判別に苦労していた。あの人が息子が残した付箋を元に『獄門島』の値札を書いた。戸山も先週『獄門島』が取り置きされたことは知っていたが、値札の価格が間違っているとは想像していなかったのだろう。

取り置きしたのが扉子だと知って異様に驚いていたのも、三万円もする本を買える小学生など普通はいないからだ。今思い返してみると、あの後すぐにカウンターに置かれた値札とレジの記録紙を確認していた。

「戸山さん、なんでそのことを言わなかったんだろう」

少しでも売り上げを作ろうと、身を切るように売り場に出した蔵書がとんでもない捨て値で買われてしまったのに。

『自分たちの過失だと思われたからでしょう。それに、三万円では扉子が買えなくなりますし』

罪悪感がずしりと肩にのしかかってきた。価格がおかしいと俺が気付いていれば、三千円で売らせるようなことはなかった。古書店で十年働いてきたのに、俺もまだまだ未熟だ。今から代金を払うと言ったところで、律儀な戸山が受け取るはずもない。

『なにか別の形で、差額をお渡ししたらどうでしょう』

「……そうですね」

他に方法はなさそうだ。幸い今度のことで戸山家とは縁ができた。付き合いを続けていれば、そのうちに機会はあるだろう。

日曜日の午後、俺はビブリア古書堂でいつものように仕事していた。

ちょうど客が途切れたので、レジに近いコーナーにある西洋史の古書を入れ替えていた。踏み台の上からカウンターの奥を振り返ると、本の壁越しに扉子の姿がかすかに見えた。手元を見ながらパソコンのキーボードを打っているせいか、小刻みに頭が揺れていた。読書感想文を書くためにネットで調べものをしたいと言うので、店のパソコンを使わせている。

昨日、扉子はもぐら堂から戻ってすぐ『獄門島』を最後まで読んだ。児童向けにリライトされていても面白かったらしい。もぐら堂の件とはまったく別の形だが、『獄門島』も偶然と行き違いが重要な鍵になっている物語だ。その悲劇的な結末も含めて堪能(たんのう)したようだった。

感想文が出来上がったら読ませてもらうことになっている。俺は感じたことを正直に言うだろうし、学校側もそうするだろう。内容や表現に問題があればその時考えるしかない。今回のようなことに絶対の正解も完全な解決策もありえない。価値観は人によって違うし、時代によっても大きく変わる。なにしろ少年少女に向けて『獄門島』が売られていた時代もあったわけだから。

今、俺が心配しているのは別のことだ。

扉子はリライトされた『獄門島』に推理ものの楽しさを教えられた。そこまでは別にいい。けれどももぐら堂の一件で、本の内側だけではなく外側にある謎――本の持ち主たちの秘められた物語を読み解く喜びに目覚めてはいないか。

だとしたら、扉子はこれまで知らなかった人間の暗い一面を見る羽目になる。

（わたしたちは、見守るしかないと思います）

俺が相談すると、栞子さんはそう答えた。この件にも絶対の正解はない。

ただ、一つだけはっきりしているのは、娘が自分で新しい扉を開けてしまったら、親である俺たちにもそれを止める術はないことだ。

まあ、今はそこまで心配しても仕方がない。

栞子さんがあの子を妊娠したと分かった時に思った。今の俺たちのまま、新しい命を迎えられればきっと上手くいくはずだ、と。今のところはそれなりに上手くいっている。

次の五年後、十年後も、なんとかなっているのではないか。

店のガラス戸ががたがた鳴ったのはその時だった。

俺は踏み台を降りて音の方を見る。立て付けの悪い引き戸の隙間をすり抜けて、小学生ぐらいの子供が店に入ってきていた。

昨日と同じ色のパーカーを着た、ベリーショートの少女だ。太い眉を上げて店内を見回し、俺に向かって頭を下げた。

「こんにちは……戸山圭です。昨日、うちで会った……」

眉だけではなく、訥々(とつとつ)とした喋り方も父親と似ている。

「いらっしゃい」

と、俺は言った。両親の姿はどこにもない。一人で北鎌倉までやってきたようだ。一体、なんの用だろう。

「あっ、こんにちは！　どうしたの？」

カウンターの方から扉子がやって来る。娘が抱えている『獄門島』に戸山圭は目を留めた。

「それ、もう読んだ？」

「最後まで読んだよ！　面白かった」

「そっか……」

戸山圭は口の中でつぶやくと、パーカーのポケットに手を突っこんだ。

「わたし、途中まで読んだ。その本」

「うん、知ってる……昨日言ってたし」

扉子はうなずく。沈黙が流れる。戸山圭は深く息を吸ってから、まっすぐにうちの娘と視線を合わせた。

「よかったら、それ……何日か貸してくれる？」

用事がなんなのか分かった。最初の殺人事件が起こったところまでしかこの子は読んでいない。続きが知りたいのだ。すると、扉子は困ったように首を横に振った。

「それはちょっと……」

断わられた戸山圭が凍りつく。絵に描いたような落胆ぶりだ。見守っていた俺は慌てて飛び出した。おいおい、断るにしてももう少し言い方があるだろう。

「いいじゃないか。扉子はもう読み終わったんだから」

この子はわざわざ『獄門島』読みたさに訪ねてきてくれた。この出会いを棒に振る手はない。きっと扉子とも話が合う。

「読み終わったけど、感想文を書くからまだ本が必要なの。うちで読んでいくならいいんだけど……それじゃ嫌かな……」

俺はほっと胸をなで下ろした。なんだ、そんなことだったのか。

「全然、嫌じゃない」

と、戸山圭ははにかむ。扉子の顔にもぱっと笑みが広がった。

「お父さん、上がってもらっていい？」

「もちろん」

「よかった！　こっち来て」

扉子がパーカーの袖を引いて、母屋の方へ歩いていった。俺の前を通りすぎる時、戸山圭は律儀に頭を下げた。

「……本、よく読むの」

母屋へ通じるドアでスニーカーを脱ぎながら、戸山圭は扉子に尋ねる。

「読むよ！　戸山さんも読むんでしょ？」

「うん。でも、古い本ばっかりだから、学校だと話せる人が……」

ばたんとドアが閉まって、店内が再び静かになる。今夜、ロンドンにいる栞子さんに報告することが一つできた。口笛でも吹きたい気分だった。

本一冊で壊れる関係もあれば、本一冊で生まれる関係もある。

あの子たちには後でおやつでも差し入れてやろう。母屋の冷蔵庫にもらい物の菓子があったはずだ。俺は弾んだ気分で古書の入れ替えを続けた。

第三話　横溝正史『雪割草』Ⅱ

カウンターの上にある古書を持ち上げると、紅葉が一枚現れた。

どこから紛れこんだのか見当もつかない。飛ばないよう隅に移して仕事を続けた。

俺は仕入れた古書マンガのセットを大きなビニール袋で包んでいる。藤子不二雄『エスパー魔美』全九巻の初版セット。途中で掲載誌が変わったので、コミックスの名称も途中で変わっている。この古書マンガを売りに来た常連客が帰って、今は店内に誰もいない。静かな日曜日の午後だ。

ガラス戸越しに見える北鎌倉駅のホームでは、下りの横須賀線が出発したばかりだった。観光客らしいグループが改札口の方へ歩いていく。たぶん円覚寺の紅葉を見に行くのだろう。毎年、秋の終わりに必ず目にする光景だ。

今年ももう十一月に入った。あと二ヶ月もしないうちに二〇二一年が終わる。月日が経つのは早いものだ。栞子さんと入籍してから、先月でちょうど十年経った。まったく変わらないものもあれば、大きく変わったものもある。

「ただいま!」

ガラス戸を開けて入ってきたのは、髪の長い小学生ぐらいの少女だった。チェックのジャンパースカートにえんじ色のカーディガンを羽織っている。肩から提げているトートバッグには、ぎっしり本が詰まっているはずだ。

篠川扉子。俺と栞子さんの娘だ。今日は由比ガ浜にある戸山圭の家へ遊びに行っていた。互いの本やマンガを見せ合ってお喋りしたのだろう。先月、もぐら堂で起こった『獄門島』の一件以来、二人はすっかり仲よくなった。

付き合いができたのは子供同士だけではない。先週、俺ももぐら堂店主の戸山吉信と二人で飲みに行った。数万円の『獄門島』を娘が安く買ってしまった件について詫びたが、案の定差額を受け取って貰えそうになかった。

まあ、逆の立場なら俺もそうする。今後、仕事で協力し合うことになりそうなので、どこかで埋め合わせはできると思う。

「お帰りなさい、扉子」

俺よりも先に栞子さんが声をかける。彼女はカウンターの奥に積み上がった本の陰から顔を出していた。

長年ずっとそうしてきたように、俺がレジの前にいる時は客から見えない場所に籠もって仕事している。三十代半ばになっても人見知りは直っていないが、昔に比べると動揺を隠して落ち着いて振る舞えるようになってきた。

今日の彼女はグレーのキュロットスカートに黒いニットを着て、長い髪を後ろでまとめている。服装や髪型も含めて見た目はほとんど変わっていない。それでも笑うと目尻や口元に年齢がにじむ。体の輪郭も少し柔らかく、丸みを帯びてきている。

栞子さんが二十代のままでないことは、夫婦として一緒に暮らしている俺が一番よく知っている。けれども俺は彼女のしっとりした佇まいやしぐさに、昔と変わらない胸のざわめきを覚える。出会った頃の彼女よりも、今の彼女の方が美しいと感じる。たぶん俺の方も年を取ったせいだろう。三十代の俺が好ましく思うのは、同じ時間を過ごしてきた彼女の方なのだ。

「圭ちゃんとお話しできた？」

栞子さんが静かに尋ねる。

「うん！　今日は二人でマンガ読んで……あっ、これここにあったんだ」

カウンターの上にある紅葉を拾い上げる。

「……扉子のだったのか」

捨てなくてよかった。そういえば戸山家へ出発する前、この子はカウンターで栞子さんとなにか喋っていた。あの時に忘れていったのだろう。

「これ、本の栞に使ってるの」

そう言いながら、トートバッグから分厚いハードカバーを取り出す。その書名に俺は息を呑んだ。

横溝正史『雪割草』

数年前に戎光祥出版から刊行されたものだ。帯には「横溝正史の幻の新聞連載小説　発表から77年を経て初の単行本化！」と印刷されている。

近代小説の研究者によって掲載紙が突き止められ、本文もすべて発見された経緯は当時のネットのニュースで読んだ。切り抜きの実物を見た俺たちと違って、なんのヒントもないところから掲載紙を探し当てたという。大変な功績だと思った。

栞子さんが発売日に買って読んだことも知っていたが、あえて内容も感想も尋ねなかった。

「どうしたの、その本」

と、俺は尋ねる。本を開いた扉子は前半のページに紅葉を挟んだ。まだ読み始めたばかりらしい。

「圭ちゃんちに出かける前、ここでお母さんが読んでたのを借りたの。ちょうど読み終わったからいいわよって」

屈託なく扉子が答える。俺は思わず自分の妻を振り返った。うつむき加減で曖昧な笑みを浮かべている。これは困っている顔だとすぐに気付いた。動揺を隠すのは上手くなったが、決して動揺しないわけではない。

「ずーっと見つからなかった小説が、全部ちゃんと見つかって本になるってすごいね。お母さんもこの本が出るまで読んだことなかったんでしょ？」

俺たちが遭遇した九年前の事件について、扉子はなにも知らない。この本よりもずっと早く『雪割草』の切り抜きをまとめた自装本が存在していることも、その自装本の盗難騒ぎがあったことも――そして、栞子さんがすべての謎を解けなかったことも。ひどく後味の悪い、思い出したくない事件だった。俺たちは第三者に話すことはおろか、夫婦の間でも触れないようにしてきた。

「そりゃそうだよ。幻の作品だったんだから」

黙っている栞子さんの代わりに俺が答えた。

「手を洗って、うがいしなさい」

俺が立ち話を切り上げると、扉子は怪訝そうに両親の顔を見比べた。微妙な雰囲気に気付いたはずだが、本の続きの方が気になったのだろう。胸の前で『雪割草』を抱え直して母屋へ入っていった。

「ありがとう。助かりました」

栞子さんが小声で言った。もう顔から微笑は消えている。

「あの本を読み返していたら、扉子に見つかってしまって」

「なにかあったんですか」

と、俺は尋ねる。この人も娘の扉子も——そしてこの人の母親である篠川智恵子も並外れた記憶力を持っていて、一度読んだ本の内容を忘れることはまずない。なにか特別な理由やきっかけがない限りは再読ということをしなかった。

「今朝、井浦清美さんからメールで連絡があったんです」

「井浦……あの事件の井浦清美さんですか？」

俺の声がつい大きくなる。久しぶりに聞く名前だった。九年前、上島家で起きた『雪割草』盗難事件の調査を俺たちに依頼した女性だ。彼女を含めて事件の関係者とはずっと関わりがなかった。今、なにをしているのかまったく知らない。

「用件はなんだったんです？」

「今年の九月に井浦初子さんが亡くなったそうです……」

俺は憎まれ口を叩き続ける、派手な赤いジャケットを着た年配の女性を思い出した。井浦清美の母親で、九年前に雪割草を盗み出した双子の一人だ。あの時確か七十代後半だったはずだから、今年まで生きていたなら八十代後半になる。どうにも好きになれないタイプだったが、もうこの世にいないと思うと複雑な気分だった。

「……初子さんはかなりの蔵書を遺されたそうです。それをうちに買い取って欲しいというお話で」

十代の頃から海外のミステリーに原書で親しんでいた、と自慢していたのを憶えている。英語で小説を書こうとしたこともあったとも言っていた。それが事実だとすると、自宅に大量の蔵書があっても不思議はない。ただ――。

「……なんでわざわざうちに頼むんですか？」

蔵書家なら付き合いのある古書店の一つや二つあるもので、遺族もそういう店に処分を頼むことが多い。もしなかったとしても、鎌倉には他に何軒も古書店がある。九年前、なんの報酬も受け取らなかった俺たちへの埋め合わせだろうか？　いや、それにしては年月が経ちすぎている。

「わたしも同じことを考えて、理由をお尋ねしました」

栞子さんは声を低めた。

「清美さんのお話では、初子さんの遺言状に書かれていたそうです……ビブリア古書堂に、自分の蔵書を売って欲しいと」

俺は自分の耳を疑った。

「本当ですか？」

九年前、自分たちの犯行を暴いたビブリア古書堂をよく思っていないはずだ。なぜわざわざ自分の本を売るのだろう。

「本当です。清美さんも不審に思われたそうですが、故人の遺言だからと一応連絡を下さいました」

間違いなく裏がある。ひょっとすると、俺たちを陥れる意図があるかもしれない。しかし、それを確かめるためにはまず依頼を受けざるを得ない。あまりいい感じはしなかった。相手の手のひらで踊らされている気分だ。

「栞子さんは、どうしたいですか」

「もちろん、依頼を受けます」

静かだが、力強い声で答えた。

「この九年間、ずっと考えていたんです……あの時、『雪割草』に挟まれていたという直筆原稿は本当に存在したのか、存在したとしたらどこへ消えたのか……そして」

不意に眼鏡の奥の目が険しくなり、唇がかすかに震えた。彼女のこんな表情を見るのは初めてだった。

「なぜわたしには、すべての謎が解けなかったのか、って」

俺はようやく気付いた。この人はただあの事件が未解決に終わったことを嘆いていたわけではなかった。ずっと口惜(くや)しかったのだ。本の謎を解けなかったことが。あの一族を和解に導けなかったことが。

栞子さんが決意を固めているなら、俺のするべきことは決まっている。

今度こそ彼女が事件を解決できるよう力を尽くす。この人にも、俺にも悔いが残らないように。

*

次の定休日、俺と栞子さんは店のライトバンに乗ってビブリア古書堂を出た。西鎌倉にあるという井浦家へ向かうためだ。空は気持ちのいい秋晴れで、日射(ひざ)しを浴びた円覚寺前の紅葉が燃えるように輝いていた。

「大輔くんは『雪割草』がどんな小説か知っていますか」

横須賀線の踏み切りを渡った後、栞子さんが口を開いた。

「よくは知らないですね。やっぱり探偵小説じゃなかった、っていうのはニュースで読みましたけど」

数年前に刊行された時、もっと詳しく調べることはもちろんできた。あえてそうしなかったのは、いずれこの人の口から聞きたいと思っていたからだ。

「『雪割草』は一九四一年六月から十二月にかけて、新潟毎日新聞に……途中から他紙と合併して新潟日日新聞になりますが……半年間連載されていた長編の家庭小説です」

運転しながら俺は耳を傾ける。掲載紙が新潟の地方新聞という推察は栞子さんから九年前に聞いている。あれは正しかったわけだ。上島秋世はその頃新潟に住んでいて、『雪割草』の連載に出会った。

待てよ。作者の方はどうだったんだろう？

「……横溝正史は新潟に住んでたりしたんですか？」

「いいえ。当時、横溝は東京の吉祥寺に住んでいました。一九二六年に神戸から上京して以降は、結核の転地療養で過ごした長野の上諏訪、戦中から戦後にかけて疎開していた岡山県吉備郡を除いて、横溝は東京に自宅を構えています。旅行などで新潟を訪れていた形跡もありません」

「じゃあ、なんで小説を連載することになったんです？」

「詳しい事情はよく分かっていないんです。ただ、新潟毎日新聞には甲賀三郎や小栗虫太郎といった、東京の探偵作家による連載小説も掲載されていたので、その繋がりで横溝にも原稿を依頼した可能性があります」

なにしろ八十年前のことだ。作者も含めて関係者は間違いなく全員亡くなっている。事情が分からなかったからこそ、長い間幻の作品になっていたのだ。

俺たちの乗ったライトバンは車通りの多い県道を進んで、大船駅の手前で線路にかかった陸橋を渡った。湘南(しょうなん)モノレールの高架を頭上に見ながら、海の方角へ向かって走っていく。

「……あの、家庭小説ってなんなんですか」

俺は正直に尋ねる。さっき分かったような顔でなんとなく聞き流してしまったが、意味をよく知らない。古書を売り買いしていれば相場は学べるが、作品の内容や専門用語の詳しい意味まで分かるわけではなかった。ただでさえ長時間活字の本が読めない俺にはハンデがある。

「正確な定義は難しいですが……明治中期以降、主に新聞に連載されていた女性向けの通俗小説を指します。不幸な境遇に陥った女性主人公が、降りかかる苦難を乗り越えて幸せになっていく、という筋立てが多いです。家庭の誰でも安心して読めるという意味で、家庭小説と呼ばれていたようです」

「『雪割草』もそういうストーリーなんですか？」

「はい。冒頭の舞台は長野県諏訪、結婚を控えていた有力者の娘・有爲子は、結婚直前に婚約の解消を先方から言い渡されてしまいます。彼女が有力者の実の娘ではないという秘密が暴露されたからです……」

「え、実の娘じゃないとなにがまずいんですか」

「私生児だから、ということでしょうね。なにぶん昔の話ですし、登場人物たちもそういう仕打ちには疑問を持っていません。養父の有力者も誰かの子を身籠もっていた女性と結婚しただけで、事情を詳しくは知らないんです。母親はそのことには固く口を閉ざしたまま早くに亡くなっています。もちろん主人公にとっては青天の霹靂でした」

幸福の絶頂で不幸に叩き落とされたことになる。物語のつかみとしては十分だ。

「破談の心痛で養父は亡くなり、有爲子は天涯孤独になってしまいます。彼女は養父の遺した指示に従って、実の父親に会うために故郷を離れ、一人東京へ旅立っていくんです……」

まだ話は序盤らしい。続きは気になったが、もう車はモノレールの西鎌倉駅の前まで来ている。目的地の井浦家まであと少しだった。

ふと、なぜ上島秋世が『雪割草』を愛読していたのか不思議に思った。天涯孤独になって住み慣れた故郷を離れていく主人公と、駆け落ち同然とはいえ夫と新潟に移り住んだ上島秋世は重なるようでかなり違う。続きを読まずにいられないような、特別ななにかがあったんだろうか。

ライトバンは急な坂道を上っていく。規則正しく階段状に整えられた土地に、大きな邸宅がいくつも建っている。このあたりは鎌倉市内でも比較的最近に造成された高級住宅地だ。その中でもひときわ見晴らしのいい高台に建つ、レンガ張りの一軒家の前で俺たちは車を降りた。

門の前にはビジネスーツを着た女性が立っている。ふっくらした丸顔や見開かれたような大きな目は九年前と変わらない。ショートボブの髪が以前より黒く見えるのは、白髪染めを変えたせいだろう。きちんと化粧しているが、首筋や手元には歳月の跡が滲(にじ)んでいた。

「久しぶり。お二人とも全然変わらないのね」

井浦清美は明るい声で言った。

「井浦さんこそお変わりなく……すっかりご無沙汰してしまって」

昔より多少流暢(りゅうちょう)に栞子さんが応じて、きちんと頭を下げる。とにかくどうぞ、と井浦清美は門を開けて入っていった。昔と同じようにてきぱきした態度だ。

むろん口には出さなかったが、顔立ちや声のトーンが驚くほど九年前の井浦初子、彼女の母親に似てきていた。

井浦家の邸宅は静まり返っている。上島家ほど古くはないが、建てられてから四、五十年は経っているだろう。井浦清美の父親が買った家で、母親が亡くなった今は彼女と息子しか住んでいないという。

俺たちはまず客間に寄って、井浦初子の遺骨と遺影にお参りした。故人はキリスト教徒だったらしく、大きな十字架も一緒に台に載せられていた。

遺影にしては珍しく全身が写っている。花見の季節に撮ったのだろう。満開の桜を背景にして、俺たちの記憶よりずっと小さくなった老女が、車椅子の上で笑みを浮かべていた。ぎょろりとした大きな目がこちらを凝視している。

「わたし、母にとてもよく似てきたでしょう？」

当人にずばりと言われて、俺たちもうなずくしかなかった。あの時母娘の仲はしっくり行っていなかったが、今、遺影を眺める井浦清美の目は和やかだった。

「息子や乙彦さんに言われるの。最近、しぐさや声もそっくりな時があるって……複雑な気分だけれど、以前ほど嫌ではないのよね」

「……分かります。わたしも母親似なので」

栞子さんがうなずいた。この人の場合は昔からそっくりだったが、ここ数年は杖を使わなくなったせいでますます見分けにくくなった。暗がりに立っている時など、夫の俺ですらぎくりとすることがある。

「母の憎まれ口は最期まで直らなかったけれど、それでも足が悪くなってからはだいぶ素直になったのよ。お宅に自分の本を売りたいと遺言状に書いたのも、内心あなた方に取った失礼な態度を悔いていたからかもしれない」

そういう殊勝さは俺の記憶にある井浦初子と大幅にかけ離れていた。とはいえ、違うと言えるほど故人を知っているわけではない。

「まあ、八十六まで生きたのだから大往生よね。これで上島家の三姉妹はみんなあちらへ行ったわ……」

俺と違って栞子さんは驚いた顔をしなかった。見当がついていたらしい。

「上島春子さんもお亡くなりになっているんですね」

井浦初子の双子の妹だ。年齢を考えれば不思議はない。あの事件の犯人は二人とも他界したことになる。

「ええ、三年前に。それ以来、母も病気がちになって……ケンカ相手がいなくなって、張り合いがなくなったのかしらね」

「乙彦さんは今も海外にいらっしゃるんですか？」

栞子さんが上島春子の息子の名を出した。『雪割草』の自装本を携えて、インドネシアへ移り住んだ後のことはなにも知らない。井浦清美は苦笑しながら首を振った。

「今は日本よ。三年前、春子おばさまが亡くなったのをきっかけに帰国したの。インドネシアでの仕事はあまりうまく行っていなかったみたいで」

俺は上島乙彦のどことなく線の細い風貌を思い返していた。母親と違って温和で優しい人だったが、残念ながらそういう人が事業で成功するとは限らない。

「今は彼、民泊のオーナーになろうとしているわ。上島家の屋敷をリフォームして観光客に泊まってもらうんですって。わたしの勤め先の設計事務所が工事を請け負う予定なの」

きっとこの人が紹介したのだろう。相変わらずいとこ同士で仲はいいようだ。素人目には民泊というアイディアは悪くない気がする。元華族の住んでいたあの屋敷なら、泊まってみたいと思う観光客はいるだろう。

ふと、井浦清美は壁時計を見た。

「長々とお喋りしてしまったわね。とにかく母の本を見ていただこうかしら。価値があるものかどうかは分からないけれど」

俺たちは客間を出ると、隣にある故人の書斎へ入った。

居心地の良さそうな南向きの洋間は、部屋の一部が天井までガラス張りのサンルームになっている。さっき遺影にも写っていた車椅子が丸いティーテーブルと一緒に置かれていた。

サンルームとは反対側の壁一面が造り付けの書架になっている。中央にある大きなデスクにはパソコンやタブレットも載っていた。電子機器も使いこなしていたらしい。故人が自慢していたとおり、蔵書には洋書や翻訳本が多かった。海外の古いペーパーバックとハヤカワポケットミステリが特に目を惹く。それなりに価値のあるものも含まれているだろうが、問題はかなり背表紙が焼けていることだった。サンルームからの日射しを長年に渡って浴びたせいだろう。本を読むのは好きでも、保存状態には無頓着だったようだ。

「……あ」

栞子さんが小さく声を発した。視線の先を辿ると、黒い背表紙に白文字の角川文庫がずらりと並んでいた。『犬神家の一族』『本陣殺人事件』『獄門島』『八つ墓村』『病院坂の首縊りの家』――横溝正史の金田一ものばかりだ。杉本一文がカバーイラストを担当した旧版ではなく、今も新刊書店で売られている新装版。俺たちの後ろから井浦清美も棚を覗きこんだ。

「ああ、これ。事件の後、横溝正史に興味が湧いたみたいで。時々買って読んでいたの……一言も感想を口にしなかったけれど」

日本の探偵作家は低レベルだなどと言っていたが、十分に楽しんだのだろう。そうでなければ何冊も読むはずがない。

「この部屋にあるものはどれも持っていって頂いて構わないわ。わたしは隣の部屋にいるから、なにかあったら声をかけて」

井浦清美が立ち去り、部屋の中には俺たちだけが残った。

「では、始めましょうか」

栞子さんの言葉で、俺たちは仕事にかかった。書架から出した本の状態を確認し、価格ごとに分類して積み上げていく。それほど時間はかかりそうもない。今日は二人で来ることになったが、本来は一人でも十分対応できる冊数だ。

なぜ井浦初子がビブリア古書堂に買い取りを依頼したのか、こうして蔵書を見てもよく分からなかった。かといって、俺たちへの態度を悔いていたという話をそのまま受け取る気にもなれない。後でもう一度井浦清美に詳しく話を聞くことになるだろう。

「……ん?」

書架の一番下の段から、古い百科事典を出していた俺の手が止まる。背板と事典の間に平べったい木の箱のようなものが挟まっていた。引っ張り出してみると、サイズはまさに大判の百科事典ぐらい。飾りはないがしっかりした造りで、相当に古いもののようだ。うっかり入りこんだにしてはものが大きい。薄い蓋が載っているだけで、鍵はかかっていなかった。

「あら、文箱(ふばこ)ですね」

栞子さんが俺の手元を覗きこんだ。

「手紙をしまっておく箱です。最近はあまり使われませんが……どこにあったんですか?」

「そこです」

俺は場所を指差してから、何気なく蓋を持ち上げる。

「大輔くん!」

声をかけられて、思わず手を止めた。

「それは、開けない方が」

「あっ。そうか」

俺は恥ずかしくなった。書架にあったから蔵書の一部のつもりでいたが、これは手紙が入っている箱だ。考えてみると人目につかない場所に仕舞いこまれていた。いくら故人だとしても、プライバシーを踏み荒らしていいはずがない。

蓋を元通り閉じようとした時、中に入っている紙の文字がちらっと目に入った。

雪割草　21

「えっ？」

反射的に蓋を開けてしまった。中に入っているのは手紙ではなく、二百字詰めの古びた原稿用紙だった。「雪割草　21」という題名の後に著者名がある——横溝正史。その続きには本文があった。

茨の首途（かどで）　二

「ど、どうしたんです。こんなところで何をしてゐるんです」

危うく列車に乗り遅れさうになつたその青年は、坐れないで歩道に立つてゐる人々をかきわけて、令嬢や有爲子の坐つている席の……

原稿用紙の端まで書かれた文章を没にでもしたように、定規で引いたような大きな赤い斜線が用紙全体を走っている。俺と栞子さんは顔を見合わせた。

「……『雪割草』前半の一節です」

彼女はかすれた声で言った。確かに「有爲子」という名前が入っている。

「だったらこれ……『雪割草』の直筆原稿じゃないですか」

九年前、自装本から抜き取られたという横溝正史の直筆原稿——それがこの書斎にあるということは。

「井浦初子が盗んだ、ってことですよね」

「その可能性はありますが、まず鑑定しないことには……」

栞子さんは深く考えこんでいるが、俺は胸にわだかまっていた疑問に答えが出た気分だった。井浦初子が俺たちに蔵書の買い取りを依頼したのは、このことと関係があるんじゃないだろうか。

「ひょっとして、俺たちに後始末をさせようとしてたんじゃないですか？　この原稿を見つけさせて、上島さんに返却させるつもりだとか」

「……もしそうなら、娘の清美さんに頼めば済みます。第三者のわたしたちをわざわざ関わらせる必要がどこに……」

　不意に栞子さんが口をつぐんだ。なにかに気付いた様子だった。文箱の原稿用紙を持ち上げると、その下にも微妙に色の違う古い原稿用紙が収まっている。「雪割草21」、「横溝正史」、「茨の首途　二」、そして続く本文も、たった今見た一枚目とまったく変わらない。

　二枚目をめくると、同じ文章の書かれた原稿用紙がまた現れた。他にもまだあるようだ。栞子さんがすべての紙を文箱から取り出してデスクに並べる。全部で七枚あった。どれも一字一句同じで、赤い斜線が引かれている。

「なんだこれ……コピーですか？」

「よく見て下さい。すべて直筆です。誰かが自分の手で書いています」

　うっすら背筋が寒くなった。原稿はどれも筆跡までよく似ている。相当な労力が必要な作業だ。

「横溝正史が全部書いたってことはないですか。原稿をたくさん没にしたとか」

「いいえ……確かに横溝は原稿の内容に納得が行かない時、用紙を換えて頭から書き直すことがありました。でも、それなら少しずつ文章は異なるはずです。まったく同じ内容の原稿用紙が七枚もできるわけがありません」

「じゃ、これはなんなんですか」

「今の段階ではなんとも……この中に本物の直筆原稿があって、精巧な模写を作ろうとしていたのか、あるいはもっと別のことをしようとしていたのか……」

重い沈黙が書斎に満ちた。

「清美さんをお呼びしましょう。このことをお話ししないと」

栞子さんがぽつりと言った。誰がなにをしようとしていたのか、それはまだ謎に包まれている。ただ、二つ確かなことがある——井浦初子は九年前の『雪割草』直筆原稿の盗難となにかしら関係がある。

そしてもう一つ。九年前の事件も含めて、すべての謎を解く機会がビブリア古書堂に与えられたということだ。

*

自分の母親が『雪割草』の直筆原稿を盗んだかもしれないと聞かされても、井浦清美は動揺を見せなかった。九年前、俺たちに調査を依頼した時と同じように、きちんと真相を調べて欲しいと告げただけだ。宅買いを終えて店に帰る時、彼女は例の原稿用紙を文箱ごと貸してくれた。

そして翌日の今、針金のように痩せた白髪の男性が、古書店のカウンターで七枚の原稿用紙を代わる代わる睨みつけている。ここはビブリア古書堂ではなく、藤沢の辻堂にあるヒトリ書房だ。カウンターの向こう側にいるのは店主の井上太一郎だ。

ヒトリ書房はミステリーとSFに強い古書店だ。俺たちの身近で横溝の直筆に詳しい数少ない古書業者なので、念のため例の原稿を見てもらうために訪れていた。

六十代になっても井上は昔とほとんど変わらない。吊り上がった三白眼や苦虫を嚙みつぶしたような仏頂面は相変わらずだ。ただ、俺と出会った頃に比べると人当たりはいくらかよくなった。交際していた鹿山直美と数年前に入籍して、私生活が安定したせいかもしれない。妻の直美は実家に用があるらしく、今日は店にいなかった。

「……偽物だな、全部」

井上はそう言いながら、カウンターに置かれた文箱に原稿用紙の束を放りこんだ。

「やはり、そうでしたか」

隣で栞子さんがつぶやく。

「……なんで分かるんですか？」

二人とも続きを説明してくれないので、仕方なく尋ねた。

「根拠はいくつかあるが、決定的なのは原稿用紙だ。本物らしく見えるよう古い用紙を使ってはいるが、戦前のメーカーのものは一つもない。おそらく、こういう偽造に詳しくない素人が作ったんだろう」

片頬を上げてふんと鼻を鳴らす。専門家には一目瞭然だったわけだ。

「じゃあ、誰かが適当に捏造したただけなんですね」

「いや、そうとも限らん」

真顔に戻った井上は『雪割草』という題名を軽く指で叩いた。

「この七枚には本物らしいところもある。戦時中にペン字を学んで以降、横溝の筆跡は変わるが……この原稿は変わる前のものにきちんと寄せている。こうやって定規で斜線を引いて文章を消しているのもリアルだ。横溝は原稿用紙を捨てない作家でな。特に終戦直後の物資不足の時代には、こうやって反故にした古い原稿用紙を他のものに再利用することもあった」

それは初耳だった。どんな用途か知らないが、直筆原稿を使うなんてもったいないことをする。

「素人がこういうちぐはぐな真似をするとしたら、考えられることは一つだ。お前には見当が付いているんだろう」

「本物を見ながら模写した場合、ですね」

話を振られた栞子さんがすらりと答えた。その推理の正しさを確認するために、井上に見てもらったのだろう。

「そうだ。『雪割草』の直筆原稿は今も大半は見つかっていないが、どこかに存在している可能性もなくはない。この偽原稿はそれを参考にしたのかもしれん」

井浦初子の書斎に偽原稿があった以上、彼女が本物を盗んで模写したと考えるのが自然だ。なぜそんなことをしたのか。それに、本物がどこにあるのかも分からない。

「九年前のあの時も『雪割草』絡みだったそうだな。今回の件も井浦家と関係しているんじゃないのか？」

俺はぎくりとした。

井上が九年前の件を知っているのは、もともとはこの店の紹介で俺たちのところに持ちこまれた依頼だからだ。井浦清美は彼の妻の知り合いだった。後から知ったことだったが、井浦清美は詳しい事情を井上たちに打ち明けていなかった。上島家の関係者は身内の事件を公にしたがらない。今回の件も同様で、俺たちはただ原稿の鑑定を頼みに来ただけだ。

「ええ。まあ……そうですね」

曖昧な返事をする栞子さんに、突然井上はぎろりと鋭い視線をぶつけた。店内の温度が急に下がった気がする。栞子さんは顔色を変えずに立っていたが、内心の動揺はしっかり伝わってきた。カウンターの下で俺のジャケットの裾を強くつかんでいる。

「……俺はどうでも構わんが、直美には一言説明が欲しかったな。九年前、あの件があった後、お前たちは様子がおかしかった……直美は自分が紹介した件で、ビブリア古書堂に迷惑がかかったかもしれないと案じていたんだ」

まったく知らなかった——いや、そういえばあの頃、電話で遠回しに事情を訊かれた憶えがある。俺はろくに説明もしなかったと思う。上島家からは口止めされていたし、落ち込んでいる栞子さんにばかり気を取られていた。

「申し訳ありません……ご心配をおかけしてしまって。ヒトリさんには今回もお世話になっているのに……」

栞子さんがしどろもどろになると、井上はふっと力を抜いて軽く手を振った。

「いや、お前らにも事情があるんだろう……ただ一つ訊きたいんだが、今回の件と、九年前の件は繋がっているのか？」

「はい。あの時分からなかったことが、今回はっきりするかもしれないんです」

そうか、とだけ答えて、井上は思案顔で顎を撫でた。なにか気がかりなことがあるようだ。

「どうかしましたか？」

と、俺は声をかける。

「大したことじゃないが……まるで『病院坂の首縊りの家』だと思ってな」

「……え？」

井上浦初子の書斎に並んでいた横溝正史の文庫本が頭をよぎる。蔵書には確かに『病院坂の首縊りの家』が含まれていた。

「わたしも同じことを思っていました……横溝晩年の大作です。一九五四年に中断したままだった短編を長編化して、一九七五年から二年がかりで連載した……」

内容の説明は俺に向けたものだった。井上がその後を引き継ぐ。

「執筆の経緯だけではなく内容も異色だ。二部構成になっていて、金田一耕助が昭和二十年代に解決できなかった事件を、二十年後の昭和四十年代に解決する……金田一耕助最後の事件だ」

俺は奇妙な既視感を覚えていた。

九年前の『雪割草』盗難事件にも、どことなく金田一もののめいたところがあった。もちろん偶然もあったが、横溝ファンの上島乙彦に自力での解決を促し、時間を稼ぐ意図がこめられていた——あるいは今回も、なにかの狙いがあるのかもしれない。

＊

井浦清美にアポを取ってもらって、上島乙彦の家へ行ったのは次の日曜だった。例の『雪割草』の偽原稿を確認してもらうつもりだった。上島乙彦は贈られるはずだった本物の原稿について、伯母の秋世からなにか聞いている可能性がある。彼が見れば情報を得られるかもしれないと思ったのだ。

臨時の店番をアルバイトに頼んで、俺たちは早い時間に店を出た。忙しいはずの休日に俺たち夫婦が揃って出かけるのは珍しい。不審がった娘の扉子の質問をかいくぐるのは大変だった。紅葉シーズンの今は道路が混雑しているので、電車で出かけることにした。上島乙彦と話した後、鎌倉駅前で井浦清美と待ち合わせている。これまで分かったことを報告する予定だった。

今日の栞子さんは厚手の白いニットとゆったりしたパンツの上に、襟の大きなグレーのチェスターコートを羽織っている。秋の終わりらしい装いだった。

「『雪割草』なんですけど、長野から東京に出た主人公はどうなるんですか？」

横須賀線のホームに立っている間、俺はふと物語の続きを聞きそびれていることを思い出した。

「あっ、わたしも話したいなと思っていたんです」

栞子さんが顔をほころばせる。ちょうど下りの電車が入ってきたので、俺たちは話しながら乗りこんだ。

「その中に入っている原稿用紙の文章、憶えていますか？」

俺が提げているショルダーバッグに彼女は視線を向ける。例の偽原稿を持っているのは俺の方だった。

「……なんか男の人に話しかけられてましたよね。列車の中でしたっけ」

「そうです。実の父を捜しに東京へ向かう途上、主人公の有爲子は列車の中でスキー帰りの若者グループに出会います。その原稿はグループの一人だった賀川仁吾（かがわじんご）という青年に話しかけられる場面です」

「重要なキャラなんですか？」

「はい。色々な意味で……その青年には少し吃音（きつおん）があって、よれよれの袴（はかま）をはいて、もじゃもじゃした蓬髪の上にお釜帽をかぶっていて……」

「ん？　なんか金田一耕助に似てません？」

「そうなんです！」

よくぞ聞いてくれたというように、栞子さんが大きくうなずいた。

「背が高くて逞しいと書いてありますから、小柄で痩せている金田一と体格は違いますが、話し方や服装はそのままですね。『雪割草』の執筆は金田一が初登場する『本陣殺人事件』が発表される五年前……その原型と言うべきキャラクターを、横溝はすでに創造していたんです」

初めて聞く話だった。『雪割草』が出版される前まで、俺だけではなく世間にもまったく知られていなかったことになる。

「……別に探偵キャラってわけじゃないんですよね」

「『雪割草』には推理ものの要素はありませんから」

栞子さんが微笑みながら答える。

「仁吾は豊かな才能を持つ若い画家で、一途な性格の持ち主として描かれています。絵画趣味のある金田一にも多少は通じるものがありますね。横溝にとって芸術家肌の男性は、賀川仁吾や金田一耕助のようなイメージだったのかもしれません」

電車は古いトンネルをくぐって鎌倉駅に近づいていく。急なカーブにさしかかってよろけた栞子さんの腕を支える。支えられた姿勢のままでも彼女の話は止まらなかった。

「上京した有爲子は実父を捜そうとしますが、事情を知る関係者の行方が摑めません。ずる賢い知人夫婦に養父の遺した預金を狙われたり、元婚約者に愛人になってくれと迫られたり……通俗小説らしく横溝はきちんと盛り上げていますね。初めてこのジャンルを書いたとは思えない筆運びです。追い詰められた挙げ句、交通事故で怪我を負って入院した有爲子は、そこで賀川仁吾と運命の再会を果たします」

続きを聞きたいところだったが、もう電車は鎌倉駅に着いていた。ホームに降りた俺たちは江ノ電のホームに向かう。日曜の午前中、鎌倉へ観光に来た人々で駅は混雑している。俺は歩きながら栞子さんの説明に耳を傾けた。

「恋に落ちた二人は結婚し、新しい生活を始めることになります。ところが仁吾の師匠である大物画家の妻が仁吾を嫌っていて、さまざまな策略を二人に仕掛けてくるんです。そのせいで師匠に破門され、絵画展覧会にも落ちた彼は、経済的にも精神的にも追い詰められていき……ついには贋作作りに手を染めてしまうんです」

「え、犯罪者になるんですか？」

金田一似のキャラクターが警察に追われる姿を想像すると頭が混乱する。それにしても、展開がジェットコースター並みだ。

「はい。しかも、既に有爲子は仁吾の子を妊娠しています。仁吾は贋作作りで得たお金を残して姿を消し、絶望のあまり東京を去った有爲子は、知人のもとで男の子を出産します。彼女の窮状に気付いて名乗り出てきた実の父親とついに再会し、やっと平穏な生活を送れるようになるんです」

「仁吾はどうなるんです?」

妻子を残して失踪したままなのが気になる。栞子さんが口を開きかけた時、江ノ電の発車ベルが響いた。ちょうどホームから藤沢行きの電車が出るところだった。乗りこんだ途端にドアが閉まる。

「仁吾は逃亡したわけではなく、罪を償うために警察に出頭したことが後で分かります。けれども厳しい獄中生活で結核にかかった仁吾は、長い療養生活を余儀なくされてしまうんです」

結核、療養、という単語が記憶に引っかかった。

「……横溝も結核にかかってませんでしたっけ」

「ええ。仁吾の療養生活の描写は横溝の実体験が反映されているようです。当時は効果的な治療薬のない難病でした……」

　電車が減速して、次の和田塚駅で停まる。ホームに降りた俺と栞子さんは、九年前に上島家へ行った時と同じ道順を辿っていく。

「有爲子の支えによって仁吾は心身ともに回復していき、創作意欲を取り戻します。これまで対立してきた人々とも和解し、親子三人の希望に満ちた未来を予感させるところで物語は終わります」

　しばらくの間、俺たちは黙って歩いた。観光地から離れた住宅街には人気がなく、道路には車もまったく見当たらない。

「家族の物語なんですね。『雪割草』は」

　と、俺は言った。本来の意味とは違うのだろうが、まさに家庭小説という気がする。

「ええ。だからこそ、上島秋世さんは『雪割草』を愛したのかもしれません」

　対立していた人々とも和解し、夫と息子の三人で幸せに暮らしていく——そんな人生が上島秋世にもありえたかもしれない。けれども結局、彼女は新潟で『雪割草』以外のすべてを失い、この鎌倉で一生を終えた。物語を書いた作者、それを愛した読者がいなくなっても本だけは残り、新しい持ち主の手に渡っている。

　路地の突き当たりに大きな屋敷が見えてくる。

俺たちは門のそばで足を止めた。ちょうど段ボール箱を抱えた宅配業者が、怪訝そうに庭を覗きこんでいるところだった。入り組んだ路地で迷ったのだろう。首をかしげながら俺たちの来た方へ去っていった。

上島家の屋敷は以前と同じ風格を保っている。ただ、窓越しに見る限りでは家具や調度品の類いが一つもない。きっとリフォームの工事を控えているせいだろう。上島春子が亡くなってから、ここに住む者は誰もいなくなった。

彼女の息子は隣にある一戸建てに一人で住んでいる。こちらの建物も多少外壁が古びた以外、以前とほとんど変わらない。相変わらず防犯カメラが玄関の庇から路地に向けられていた。

あの時、カメラに映っている俺たちに気付いた上島乙彦が外に出てきたが、今日もインターホンを押す前にドアが開いた。ただ、顔を出したのは家主ではない。もっと若く、体格のいい男性だった。力仕事でもしていたのか、長袖のTシャツを腕まくりしている。年齢はおそらく二十代後半で、大きく見開かれたような両目と丸顔が印象的だ。初対面のはずなのに見覚えがある。

「こんにちは。篠川さんですか？　ビブリア古書堂の」

「は、はい。そうですけれど……」

「井浦創太です。初めまして」

きびきびした口調で自己紹介する。井浦創太。誰なのかすぐに思い至った。井浦清美の息子だ。なぜここにいるのだろう？　俺たちの疑問に答えるように、彼は言葉を継いだ。

「今日は乙彦おじさんの書斎の整理を手伝っているんです……すぐにおじさんも来ますよ」

言葉遣いに遠慮がない。上島乙彦はいとこだけではなく、その息子とも親しくしているようだ。

「やあ、お久しぶりです」

井浦創太の後ろから黒縁眼鏡をかけた男性が現れた。セーターとジーンズという服装は昔と変わらないが、すっかり髪は白くなり、額も広くなっている。九年前より少し痩せて、枯れた雰囲気を漂わせていた。

「どうぞ。上がって下さい」

上島乙彦は柔らかい声で言った。

引っ越し直前だった九年前と違って、一階のリビングやキッチンにはきちんと家具が入っていた。男性の一人暮らしにしては珍しく整理整頓が行き届いている。どこを向いても埃一つ見当たらない。二階建ての家を維持するのは相当な労力が必要なはずだ。

「綺麗にされてるんですね」

俺が感想を述べると、上島乙彦は白髪頭をかいた。

「いや、実は週に二回、小柳さんに掃除をやってもらっているんです。憶えてらっしゃるでしょう？　そこの屋敷の家政婦だった……」

「えっ？　今も……働いていらっしゃるんですか？」

ご存命だったんですか、という言葉を慌てて呑みこむ。井浦初子や上島春子より年上で、あの時ですら相当な高齢だったはずだ。家主は振り返って微笑んだ。

「ええ。もう九十を超えていますが、かくしゃくとしたものです。まあ、働きに来ているというよりは、ぼくの話し相手をしているようなものですけどね。創太くんや清美くんと一緒に、ここで食事することも多いんですよ……あ、せっかくだから二階で話しましょうか。昔みたいに」

先に立って階段を上がり、背中を見守るように井浦創太が続いた。今の彼には井浦親子や小柳が家族のような存在なのだろう。

二階の書斎は広々とした洋室で、窓以外の壁が造り付けの書架になっていた。棚には横溝正史の著書や関連書籍が収められている。整理中という言葉どおり、ところどころに空いている段もあり、床にはいくつか古書の山ができていた。九年前と同じく、パソコンデスクの上のモニターには防犯カメラの映像が映し出されている。

以前と違うのは、真ん中に青銅製のガーデンテーブルと椅子が新たに置かれていることだった。昔、上島家の物置で見かけたものだ。本来は屋外に置かれるもののせいか、かなりの存在感がある。あとはなにも変わらない——いや、なにか違う。

俺は書斎を見回す。違和感の正体はすぐ分かった。九年前はデスクの他にテーブルを置くほどのスペースはなかった。部屋が広くなっているのだ。以前の倍ぐらいになっている。

「実はこの前二階をリフォームしまして。壁を取り払って隣の部屋と繋げたんです。蔵書が増えてしまって」

「本当ですね！」

栞子さんがきらきらした目で部屋を見回している。

「以前にも増して充実したコレクションです！　あ、『新青年』のバックナンバーをずいぶん揃えられたんですね」

「横溝が編集者として関わったり、作品を発表した号はひとまず持っておこうと……『鬼火』の掲載された号で、検閲を受けてページが切られてしまう前のものが欲しいんですけど、なかなか……」

「あれは難しいです。これまで一度しか古書市場に出たことがありませんから。あの、児童書もかなり増えていませんか？　ポプラ社の『まぼろし曲馬団』や『真珠塔』はかなり状態も良さそうですね！」

「ええ。創太くんにも協力してもらって、オークションサイトや古書店で売りに出ると片っ端から買ってもらっているんです。書店で働いているせいか、彼は本捜しが得意で……」

昔と同じようにマニア同士の会話が弾んでいる。たぶん広くなった書斎を見せたくて、この人は俺たちを二階に案内したのだろう。俺は栞子さんほど詳しく蔵書の中身を憶えていないが、以前より収集にのめり込んでいるのは分かる。

息子の趣味を否定し続けていた母親が亡くなったことも関係しているはずだ。天井近くの壁に取り付けられたアクリルケースに、布張りの『雪割草』自装本が大事そうに飾られていた。

「いけない。お茶を忘れていました。少し待っていて下さい」

上島乙彦がいったん席を外す。栞子さんは壁際に立ち、目でなぞるように端から蔵書を眺めている。ここに来た目的を忘れているわけではないと思うが、古書マニアとしても古書店主としても確かめずにはいられないのだろう。

「……ん？」

ふと、書架の一角に俺の目が吸い寄せられた。見覚えのある背表紙が並んでいる。朝日ソノラマの『少年少女名探偵金田一耕助シリーズ』――そうだった。ここでこのシリーズを初めて目にしたのだ。『仮面城』『黄金の指紋』『八つ墓村』『鑞面博士』など――数えると全部で九冊ある。ただ、先月もぐら堂で娘の扉子が買った『獄門島』だけが見当たらない。

「『獄門島』はないのか……」

独り言のつもりだったが、井浦創太がくるりと振り返った。

「やっぱり古書店の方は凄いですね。どの巻が抜けているのか、一目でぱっと分かるなんて！　乙彦おじさんが長年集めているんですけど、『獄門島』だけがまだ見つかってないんです」

感心されてしまったが、先月の件でたまたま知っただけだ。なにも凄くない。

「そういえばついこの前、この近所にあるもぐら堂って古書店が『獄門島』を三千円で売りに出してたんですよ！　あれ、一体誰が買ったんだろう？」

一瞬、俺は栞子さんと顔を見合わせた。うちの娘が買ったんですよ、とはもちろん言えない。

「値付けを間違えたんじゃないですかね……でも、どうして売りに出てたことをご存じなんですか？」

俺は平静を装って尋ねる。

「実はもぐら堂に並んでいるのを見たんです。ここに泊まりがけで遊びに来てた時にジョギングついでにちょっと寄ったら、レジの前に並んでたんですよ。そんなに珍しいものだと思わなくて。財布も持ってなかったし……」

悔しそうに顔を歪(ゆが)める。そういえば、扉子が取り置きする前、他の客も『獄門島』を手に取っていたともぐら堂で聞いた。彼がその一人だったのだ。

「後から気が付いて行ってみたら、もう売り場になかったんです。失敗しました……ジュニア版の『獄門島』、俺も読んでみたかった……」

彼は遠い目をする。不意に栞子さんが口を開いた。

「……創太さんも横溝正史をお好きなんですね」

「ええ！　もちろん」

大きくうなずきながら即答する。ただ上島乙彦の古書収集に協力しているだけではない。この人も横溝ファンなのだ。

「読み始めたのは大学生の頃です。祖母に見つかるとうるさいから、家ではなかなか読めなかったんですよ……乙彦おじさんほど年季は入ってないですね。それに、横溝ならなんでも読むってわけでもありません。戦後に書き始めた本格推理……金田一耕助のシリーズが中心です」

「どの作品がお好きなんですか」

「色々ありますけど、やっぱりベストは『獄門島』かな。金田一ものの長編って、犯人じゃなくても事件の元凶になっているキャラが大抵いるじゃないですか。そういうキャラの狂気に特色があると思うんです。特に『獄門島』は最高にイカれてますよ。俳句にちなんだ方法で人が殺されるって！」

さわやかに白い歯を見せる。変わった要素を楽しむ人がいるものだ。栞子さんが一歩彼の方に近づいた。

「本格推理以外……『雪割草』のような作品はどう思われます？」

俺はようやく気付いた。栞子さんはただ世間話をしているわけではない。この人に探りを入れているのだ。横溝ファンだとすれば『雪割草』の直筆原稿を盗む動機はある。今二十代後半だとすると、上島秋世が亡くなった九年前は横溝を読み始めた大学時代にあたる。

「ああ、あれ……乙彦おじさんにははっきり言えないけど、全然面白くなかったですね」

意外な答えが返ってくる。栞子さんも少し面食らった様子だった。

「最後までお読みにはなったんですよね」

「まあ、一応は。横溝は本人も言っているように、探偵小説、それも本格推理を志向していた作家じゃないですか。戦時中の家庭小説なんて、他に仕事がなくて仕方なく引き受けたものでしょう？　読む価値ないと思いますよ」

好みに合わないものを全否定するその態度は、祖母の井浦初子を思い出させた。趣味はまったく違っていても血は繋がっているのだ。

「それは……」

栞子さんがなにか言いかけた時、ドアが開いて上島乙彦が入ってきた。

「すみません。お待たせしました」

ティーカップの並んだ盆を青銅製のテーブルに置いた。全員が椅子に腰かけてから、俺はバッグから偽原稿を挟んだファイルケースを取り出した。

井浦創太のいる場所で見せていいものか最初は迷ったが「九年前の事件のことも、今回のこともおじさんから全部聞いています」とはっきり言われた。身内である祖母が盗難事件に関わっていることに、動揺している様子はまったくなかった。

約七十年前、上島春子が『雪割草』の自装本を読んでいたテーブルで、今また『雪割草』の直筆原稿について話しているのは不思議な感覚だった。

「初子おばさんがこれを作った、ということなんですか？」

原稿用紙を目にした途端、上島乙彦の表情がこわばった。九年前の苦い記憶が蘇ったのだろう。栞子さんが首を横に振った。

「まだ分かりません。まずは乙彦さんに見ていただいて、なにかお分かりになることがあれば、教えていただきたいと思いまして」

家主はおずおずと最初の原稿用紙を手に取り、ひっくり返して裏を見た。それから表に戻って、ゆっくりと書かれている文字を丹念に追う。一枚目をテーブルに戻し、二枚目も同じようにした。

「よろしければ、創太さんもご覧になって下さい」

栞子さんは勧める。井浦創太は面倒くさそうに一枚指でつまむと、くるくると裏表を確かめてすぐにテーブルに置いた。『雪割草』に愛着がないからなのか、もっと別の理由があるのか、俺には判断がつかなかった。

すべての原稿を見終わっても、二人は黙りこくっている。

「あの、なにかお気付きになりましたか？」

「……いえ。よく分からないですね。『雪割草』の一節が書かれていること以外は、なにも」

上島乙彦の答えに、井浦創太もうなずいている。

「伯母が持っていた『雪割草』の直筆原稿がどういうものだったのか、ぼくも詳しくは聞いていないんですよ。伯母は話しませんでしたから」

ふと、俺は今回の件でこれ以上事情を訊ける相手がいないことに気付いた。九年前も少なかった関係者が、今はさらに二人欠けている。俺は栞子さんの横顔を窺った。この人は当然そんなことは承知しているはずだ。ここで手がかりを得られなかったら、後はどうするつもりなのだろう？

上島乙彦が丸い背筋を伸ばし、居住まいを正した。

「篠川さん、骨を折って下さるのは大変ありがたいんですが、正直あの原稿はもう見つからなくてもいいと思っています」

眼鏡の奥で栞子さんの目がかすかに細くなった。

「どういうことでしょう」

「九年前、原稿が消えたと分かった時は、確かに犯人を許せないと思いました。罪をなすりつけ合う母たちの姿も見るに耐えなかった。あれ以来、二人とは最期まで絶縁に近い状態になってしまった……けれども今振り返ってみると、ぼくはあそこまで怒る必要があったのかと……」

「え……伯母さんの形見ですし、貴重な直筆原稿ですよね」

思わず口を挟んでしまった。そんな大事なものを盗まれたら怒って当然だ。

「その点がはっきりしないとぼくは思っているんです」

上島乙彦は静かに言った。

「もちろん伯母が直筆原稿を業者から買って、『雪割草』の自装本とともにぼくに譲ろうとしたのは事実でしょう。けれども、その原稿が果たして横溝の真筆だったのか……『雪割草』の原稿がこれまで売り買いされたことはないはずです」

虚を衝かれた気分だった。上島秋世が購入した直筆原稿自体が、偽物かもしれないということだ。言われてみると古書の知識がない上島秋世に、原稿の真偽が分かるはずもない。万が一偽物だとしたら、「本物」を捜し回ったところで無意味だ。いや、そもそも今日俺たちが持ってきた偽原稿の中に、上島秋世が持っていたものが含まれている可能性だってありうる。

「清美くんが一生懸命捜そうとしてくれているので、言い出しかねていたんです……きっと自分の母親がやったことだから、罪滅ぼしをしたいと思っているんでしょう。でも、もうぼくは気にしていません。彼女には直接話をするつもりですが、あなた方からもそう伝えてもらえませんか……よろしくお願いします」

上島乙彦は淡々と告げると、年下の俺たちに深々と頭を下げた。

上島乙彦の家を出て、俺たちは重い足取りで和田塚駅へ戻る。

井浦清美とはメールで連絡が取れた。彼女は駅前で用を済ませているらしく、三十分後に裏駅——鎌倉駅西口の改札口で会うことになった。

とはいえ、会ったところで報告することはなにもない。完全に調査は手詰まりになっている。そもそも九年前の謎を調べること自体が容易ではないのだ。

栞子さんも深く考えこんでいる様子だった。二人で話をすることもなく路地を出て、相変わらず人も車もまったく通らない道路を歩いていく——。

「……あれ？」

小さな違和感が胸をよぎったのはその時だった。

「どうしました？」

声を聞かれていたらしい。横から栞子さんに顔を覗きこまれる。

「いや、本当に大したことじゃないんですけど……」

俺は道路を見回す。確かに来た時とまったく眺めは変わらない。あまりにも些細な話で恥ずかしかったが、尋ねられた以上は答えるしかない。

「さっき宅配ドライバーが路地をうろうろしてましたよね。でも、車がどこにも停まってなかったなと思って」

そう言った途端、栞子さんの顔色がさっと変わった。上島家のある方角を鋭い目つきで振り返る。

「乙彦さんの家を出た時、その人はもういませんでしたね」

「ええ……まあ」

いなくなって当然だ。他のところへ配達に行ったのだろう。

「大輔くん！」

いきなり栞子さんにぎゅっと両手を握られた。

「急いで鎌倉駅に向かいましょう！　もしかすると直接会うつもりかもしれません」

なにがなんだか分からない。誰が誰に会うんですか、と尋ねる前に、栞子さんは小走りで和田塚駅の改札に向かった。

俺も慌てて後を追う。ちょうどホームに滑りこんできた江ノ電に乗りこんでからも、栞子さんの口から話を聞けなかった。杖なしで歩くには支障がなくなったとはいえ、彼女は走ることに慣れていない。息が切れてつり革につかまっているのがやっとだった。

鎌倉駅に着くと、栞子さんはまた急ぎ足で江ノ電の改札口を出る。向かったのはJRの改札口の方だった。そこが井浦清美との待ち合わせ場所だ。しかし、まだ予定の時刻には間がある。彼女にはなにか用事があったはずだが。

「大輔くん……あそこ……見て下さい」

まだ荒い息で栞子さんが言い、改札口の先を指差した。目を凝らすとコインロッカーのそばに宅配業者の制服が見えた。さっき上島家のそばをうろついていた若いドライバーが立っている。改めて見るとどこの運送会社なのかよく分からない。なんとなくそれらしい服装をしているだけだ。

彼は誰かと話しているようだ。相手は紺色のロングコートを着た、ショートボブの女性だった。

「……井浦さん？」

つい俺は声を上げた。井浦清美がなぜあの男と会っているんだろう？　二人の視界に入らないよう、俺たちはじりじり近づいていく。やがて会話の内容が耳に入ってきた。

「……今んとこ動きはないっすね」

雑な言葉遣いで男が言い、井浦清美がうなずいた。

「午前中は家の中にいるはずだけど、午後はどこかへ出かけるかもしれない。あなたも今のうちになにか食べて。これ、今日の分」

金を受け取ったらしい男は、礼を言って足早に立ち去る。俺たちの存在には気付かずに横を通りすぎていった。

（……監視してるんだ）

男は宅配業者などではなかった。井浦清美に雇われて、上島乙彦の家を見張っている。一体どうしてそんなことを——人の好さそうな彼女の丸顔が、急に得体の知れないものに思えてきた。

栞子さんが隠れるのをやめて、コインロッカーの方へ近づいていく。相手がぎょっと目を瞠った。俺たちの存在にまったく気付いていなかったようだ。

「今の方は、どなたですか」

栞子さんの質問にも彼女は答えられなかった。驚きのあまり言葉を失っている。

「詳しいお話を、聞かせていただけますか」

＊

俺たち三人は御成(おなり)通りにある洋菓子店に入った。昼時のせいかカフェスペースには客が少なく、込み入った話をするのに向いている。ここの名物はレーズンサンドで、昔から栞子さんの——今は扉子の好物でもある。土産に買って帰ろうかとちらっと思ったが、今はそれどころではない。

「さっきの方はどなたですか」

全員の飲み物が揃ったところで、栞子さんが口火を切った。

「……うちの設計事務所で以前アルバイトしていた子よ。色々な職業を経験していて……興信所で働いたこともあると聞いていたから、わたしが個人的に仕事を依頼をしたの」

「なんで、上島さんを監視してたんですか」

俺は尋ねる。この人はずっと上島乙彦と親しくしてきたはずだ。自分の家がいとこから監視されているなんて、彼の方は想像もしていないだろう。

「大輔くん、違います。井浦さんは上島さんを監視しているわけではありません……そうですよね？」

井浦清美は否定しなかった。コーヒーカップを両手で包みこんで、うつむき加減に黙りこんでいる。ますます分からない。じゃあなにをやっているんだろう？

「今回のご依頼には奇妙なことがありました」

答えにくそうな依頼人に代わって、栞子さんが説明を始めた。

「初子さんが蔵書の処分をわたしたちに頼んだこと、その中から偽原稿が出てきたこと、にもかかわらず本物がどこにもないこと……もし初子さんが九年前に原稿を盗み、それを複製した張本人だとすると、わたしたちを呼んだ理由が分かりません。乙彦さんに原稿を返すつもりなら直接そうすればいいだけです……だから、むしろ逆の立場ではないかと思ったんです」

「……逆の立場？」

俺は彼女の言葉を繰り返した。

「初子さんは本物の直筆原稿を盗んだのではなく、取り戻す側だったということです……わたしたちを使って本物の原稿を捜し当て、乙彦さんに返却する計画を亡くなる前に立てた……そう考えると筋が通ります。遺言状を使ってビブリア古書堂を関わらせたのも計画の一部ではないかと。

その仮定に立った場合、もちろん計画の実行には協力者が必要です。それは清美さんをおいて他にありません。わたしは依頼を受けて本物の直筆原稿を捜しつつ、お二人の計画がどういうものなのかを確かめようとしていたんです」

最初から栞子さんは依頼人を疑っていたわけだ。まったく気付かなかった——いや、この人も確信を持っていたわけではなかったのだろう。

「わたしたちの計画の内容についても、見当をつけているんでしょう？」

「ええ、おおよそですが」

栞子さんは答える。俺は思わず座り直した。たぶんここからが話の核心だ。

「九年前に『雪割草』の直筆原稿を盗んだのは、創太さんだったんですね。あなたは彼を監視して原稿の隠し場所を突き止め、乙彦さんに返却しようとしている……違いますか？」

息詰まるような沈黙の後で、井浦清美の体からふっと力が抜けた。背中を丸めているその姿は、急に何歳も年を取ったようだった。

「最初から、あなた方にはすべて打ち明けるべきだったわね」

彼女はため息まじりに言った。

「九年前、『雪割草』の直筆原稿が消えてしまったことで、わたしたちはそれまで以上にバラバラになってしまった。母と春子おばさまは一層いがみ合うようになって、乙彦さんはインドネシアへ行ってしまった。わたしも上島家から足が遠のいたわ……あなた方にも後味の悪い思いをさせてしまった。

でも、わたしはずっと疑問を抱いていたの。母も春子おばさまも『雪割草』の続きを読みたがっていただけで、あの本を盗むつもりはなかった。まして直筆原稿に興味なんてなかったはずなのよ。あの場にいた全員に、原稿を盗む理由がなかった。

春子おばさまも同じことを考えていた。亡くなる直前にわたしと母を枕元に呼んでこう言ったの……原稿を盗んだ犯人はわたしたちの誰でもない、原稿を捜し出して乙彦に返して欲しい、って」

「そのことを、乙彦さんはご存じなんですか？」

栞子さんの問いに、井浦清美は首を振った。

「知らないわ。あなた方も知っているでしょうけど、乙彦さんと春子おばさまは絶縁同然で、互いに連絡も取っていなかった。わたしたちも彼には話さなかった。乙彦さんの古傷を抉るようなことをしたくなかったし、彼が一番疑っていたのは自分の母親だったから……きっと信じないと思ったのよ」

井浦清美は一息入れるように、湯気のないコーヒーカップを傾けた。

「わたしたちが創太を疑い始めたのは、春子おばさまが亡くなって、乙彦さんが日本に帰ってきてからよ。あの子は急に乙彦さんの家へ出入りするようになって……まるで親子みたいに仲よくなっていったの。

二人の話題は本のことだった。あの子はもともと本が好きで、大学を卒業した後も書店……あなた方とは違って新刊の本を売る書店に就職した。最初は二人の関係を微笑ましく思っていたけれど、ある日気が付いたの。あの子も横溝正史の大ファンだったって」

祖母に見つかるとうるさいから、家ではなかなか横溝の小説を読めなかったと井浦創太は話していた。つい数年前まで母親ですら知らなかったのだ。

「乙彦さんは十年前に離婚して、娘さんとも縁遠くなっているわ。趣味の合う創太と思う存分本の話ができて嬉しそうだった。

わたしは創太に疑いを持ちながらも、詳しく調べる気にはなれなかった。もし本当だったらまた乙彦さんを傷つけてしまう……それにあの子は『雪割草』に関心を示していなかったから、単なる考えすぎのようにも思えたのね。手をこまねいているうちに時間だけが過ぎて……。

今年の夏のはじめ、物置を整理していたら、創太が学生時代に使っていたデジカメが出てきたの。それで家族旅行も撮影していたし、わたしたちの写真が入っているかもしれないと思って、何気なく本体のメモリーを見たら……こんな画像があった」

井浦清美は自分のスマホを操作し、俺たちに画面を見せる。そこには古びた原稿用紙が映っていた――「雪割草 21」。続く文章も俺のバッグに入っている偽原稿とまったく同じ文面だった。特徴的な赤い斜線も走っている。

「これで確信が持てたわ……九年前、直筆原稿を盗んだのは創太だって。きっと母がこっそり『雪割草』を読んでいることに気が付いていて、原稿用紙だけを抜き取ったんでしょうね」

失礼します、と栞子さんが身を乗り出して画面を覗きこむ。それから隅の方に印刷された原稿用紙のメーカー名を拡大した。

「東京の文房堂（ぶんぽうどう）……戦前の横溝が実際に使っていた原稿用紙と同じですね。筆跡も非常によく似ています」

思わず俺も目を凝らした。つまりこの画像に映っているのは、本物の直筆原稿である可能性が高い。栞子さんは依頼人をちらっと見た。

「原稿を撮影した画像はこれだけでしたか」

「ええ。あの子のパソコンやUSBメモリーの中も捜したけれど、これ以外は見つからなかった。きっとどこかに隠してあるんでしょう。これだけはカメラから消し忘れたんじゃないかしら」

「直筆原稿そのものも、もちろんお捜しになったんですよね」

「ええ。長い時間をかけて捜したけれど、家の中からは出てこなかった。どこか他の場所に隠したのは間違いない……でも、どこなのか見当もつかなかった。あの子は母と同じように我の強い性格で、問い詰めても口を割りそうにない。結局、母に相談したの。

母はかなり体調が悪くなっていて、少し意識が曖昧になることもあったけれど……この件についてはしっかりしていたわ。直筆原稿の隠し場所を突き止めて、穏便な形で乙彦さんに返す方法を考えてくれた」

「……それが偽原稿を作ることだったんですね。この画像を参考にして」

と、栞子さんが言った。

「その通りよ。わたしたちが自分で見つけられない以上、あの子に教えてもらうしかない……母が亡くなった後、同じような原稿用紙が大量に出てくれば、自分の持っている原稿が本物なのかあの子も疑いを抱くと思ったの。まずは隠している原稿を確認しに行くだろうって。

母は弁護士に頼んで遺言状を書き替えて、わたしは指示どおりにその偽原稿を作った。後は創太のスマホの設定を変えて、わたしのスマホから現在地を確認できるようにした。念のため、尾行もつけて原稿を取り出す現場を確かめようとしたの」

探偵小説マニアの井浦初子らしい計画だ。栞子さんも同じようなことを事件の関係者に仕掛けて、必要な情報を引き出したことがある。

「外部のわたしたちを介入させたのは、創太さんの動揺を誘うためですか？」

「それもあるけれど……母はこうも考えていた。九年前と同じように、自分の計画はうまく行かないおそれがある……もし失敗した場合でも、ビブリア古書堂なら本物を見つけ出せるかもしれないと期待していたの。九年前に自分たちの犯行を暴いたあなた方なら、今回も同じことができるって」

不思議な気分だった。一つの事件の犯人に、もう一つの事件の解決を期待されている。ふと、栞子さんが微笑んだ。

「年月を隔てた謎解き、故人の遺言で始まる計画……今回の件がどことなく金田一ものを思わせる理由が分かりました……初子さんがそう計画されたからだったんですね。

わたしがより深く関心を持つように」

九年前、上島乙彦に対してやったことと同じだ。もちろん偶然も手伝ってはいるが、横溝マニアの栞子さんがのめり込むように仕向けていた。しかし、今回は一番誘導したい井浦創太がまだ動いていない。

「……残念ながら今の状況では、創太さんは容易に動かないと思います」

と、栞子さんは言った。

「最初から初子さんの計画がすべて把握できていれば、ここにある偽原稿の鑑定結果を伏せることもできたのですが……」

さっき井浦創太には偽物を見せて、すべての情報を与えてしまった。自分の持っている原稿が本物だと分かりきっていれば、いちいち確認しに行ったりはしないだろう。

「どうしますか？」

俺は栞子さんに尋ねる。彼女は唇にこぶしを当てて考えこむ――やがて、なにか思いついたように顔を上げた。

「井浦さん。これから申し上げることを、電話で乙彦さんに伝えていただけますか」

井浦清美は手帳を出して、栞子さんの言ったことを素早く書き取った。俺がこっそり取っている事件の記録とは違って、記述は簡潔で文字にも乱れがない。この女性の几帳面(きちょうめん)な性格を窺わせるものだった。

店を出た後、別れ際に栞子さんはためらいがちに切り出した。

「……一つだけ、立ち入ったことを伺っても構いませんか」

「もちろん。なんでも訊いてちょうだい」

「乙彦さんとのご結婚をお考えになったことはありますか？」

本当に立ち入った質問に、端で聞いている俺が度肝を抜かれた。なぜ今そんなことを尋ねるんだろう？　井浦清美の頬が一瞬赤くなり、すぐ元に戻った。

「それはこの件と関係のあることなのよね」

「はい……不躾(ぶしつけ)な質問で申し訳ありません」

「……いいのよ」

そう言いつつも、答えるまでに少しだけ間を置いた。

「彼のことは家族の一人だと思っているわ。でも、今も昔も結婚を考えたことはない……それは乙彦さんの方も同じはずよ」

淡々としたその口調は、『雪割草』の原稿捜しを断った時の上島乙彦を思わせた。

「……ありがとうございます」

栞子さんは深く頭を下げた。

それから一時間後、俺たちは上島家の屋敷の二階にいた。もうすぐ始めるリフォーム工事のために、井浦清美の勤める設計事務所は屋敷の合鍵を預かっている。それを俺たちが一時的に借りたのだ。門の前の防犯カメラを避けるのは大変だった。

床や壁に固定されている家具以外、どの部屋も家財は片付けられている。三年前まで上島春子の寝室だったというこの部屋も空っぽだった。板張りの床にはうっすら埃が積もり、空気も冷たく淀んでいる。

俺たちは窓枠と繋がった腰かけに座って、庭の向こうにある上島乙彦の家を眺めている。この部屋なら玄関と書斎の両方を監視できる。そういう場所がないか井浦清美に尋ねたら、ここを使わせてくれたのだった。

屋敷に着いてすぐ、彼女には上島乙彦に指示通りの電話をかけてもらった。井浦初子名義の貸金庫から『雪割草』の直筆原稿らしいものがさらにもう一枚出てきた。たった今ビブリア古書堂に見てもらったところ、今度こそ本物だと鑑定された。夕方そちらへ持っていく——そういう内容だった。

書斎のテーブルについている井浦創太の姿が窓越しに見える。向かいには上島乙彦も座っていた。井浦清美からの電話の内容はもう伝わっているはずだ。

「……動きますかね」

「どうでしょうか……今回の件、決定的な証拠はなにもありません。本物の原稿がどこにあるかを突き止めるには、これぐらいしか方法は残っていないんです」

もちろん貸金庫から出てきた「本物」の原稿など存在しない。相手が乗ってくれなければそれまで、という危険な賭けだ。

「あの、さっきの質問ってどういう意味だったんですか？　井浦さんが上島さんとの結婚を考えてたかって……」

井浦清美の本音はどうだったのか、俺には分からなかった。痛くもない肚を探られてむっとしたようにも、虚を突かれて動揺したようにも思えた。

「あれは創太さんの動機を知るためです……彼がなんのために行動しているのか、それを判断する材料が欲しかったので」

遠くに見える井浦創太の横顔を眺めながら、今の言葉の意味を考える。繋がりがまったく分からない。俺の理解力が足りないだけなのか？　そういえば、動機について根本的に分からないことがあった。

「九年前、井浦創太はなんで『雪割草』の直筆原稿を盗んだんですかね？」

俺は栞子さんに尋ねる。

「さっき『雪割草』は全然面白くなかったって言ってたじゃないですか。そういう小説でも横溝の直筆なら欲しいってことなのかな」

あるいはあの発言自体が嘘だったのかもしれない。『雪割草』を嫌っていると主張すれば、少しでも自分から疑いを逸らす効果が期待できる。

「いえ……もし本物が出てくれば分かるはずですが、おそらく彼にはどうしてもその直筆原稿が欲しい、切実な理由があったんです」

「切実な理由って……」

質問を重ねようとした時、井浦創太が立ち上がって廊下へ出て行った。しばらくすると玄関のドアが開き、ジャケットを着こんだ彼が路地に現れた。そうして、和田塚駅の方へゆっくり歩き出す。

「まずい。追いかけないと……」

立ち上がった俺の腕を栞子さんがつかんだ。

「待って下さい。彼には尾行がついています。追わなくても大丈夫です」

「でも……あれ？」

俺は目を凝らした。井浦創太と一緒にいた上島乙彦もいつのまにか姿が見えない。栞子さんがさっと立ち上がった。

「やっぱりここを出ましょう」

「え？」

わけが分からない。たった今見送ったばかりなのに、結局は井浦創太を追いかけるのか——玄関のドアが再び開いて、セーターとジーンズ姿の上島乙彦が外へ出てくる。しかし、向かったのは路地の外ではなかった。大きな門を開けて屋敷の敷地へ入ってきた。

（しまった）

今、外へ出ると鉢合わせになってしまう。

「どうします？」

「……少し待ちましょう」

栞子さんは小声で答える。階下で扉の軋む音がした。玄関から上島乙彦が建物に入ってきたのだ。すぐ真下の廊下を歩いているようだった。足音が遠ざかり、やがて聞こえなくなった。

「今です。急がないと」

そう言い残して、栞子さんが部屋を出ていった。俺も後を追いかけて、足早に階段を駆け下りる。けれども彼女が向かったのは玄関ではなかった。廊下の奥へ向かってずんずん歩いていく。外へ出るつもりはないらしい。

「どこ行くんですか？」

答えは返ってこなかった。理解が追いつかない。とにかく俺も廊下を進んでいく。突き当たりには九年前にも入った物置がある。大きな鉄の扉は開け放たれ、中にも明かりが点いていた。

栞子さんに追いつくのと同時に足を踏み入れる。かつてはアンティークショップの倉庫を思わせたこの部屋には、もうなにも残っていない——いや、たった一つだけ、錆の浮いた大きなキャビネットが置きっぱなしになっていた。かつて貴重品が収められていたこの鉄の箱は、床にがっちり固定されている。簡単に動かせなかったのだろう。

開いているキャビネットの前で、上島乙彦が目を白黒させていた。

「お、お二人とも、どうしてここに……？」

遅まきながら俺も気付いた。栞子さんは井浦創太ではなく、上島乙彦が動くのを待っていたのだ。

彼の手には透明なファイルケースが握られている。中に収まっている原稿用紙の文字をはっきり読むことができた。

雪割草 21

「それは『雪割草』の直筆原稿ですね」

と、栞子さんが告げる。

上島秋世が遺したという横溝正史の直筆原稿は、本来の持ち主である上島乙彦の手にあったのだ。

＊

古いガーデンテーブルに『雪割草』の直筆原稿が置かれている。

栞子さんは自分のスマホに映し出されている画像と見比べた。さっき井浦清美からもらった原稿の画像だ。

「……同じもののようですね」

俺たち夫婦は上島乙彦と一緒に、彼の書斎に戻ってきている。井浦清美と創太にはそれぞれ連絡を取った。二人ともやがて着くはずだ。

上島乙彦は椅子の上で小さくなっている。なぜこの人が盗まれたはずの直筆原稿を持っているのか、なぜそれを黙っていたのか、俺にはまったく見当もつかなかった。

「先ほどは嘘をついて申し訳ありませんでした」

天板に額をぶつけそうな勢いで、俺たちに頭を下げる。

「……原稿を創太さんから返してもらったのは、いつだったんですか？」

栞子さんが柔らかく尋ねる。混乱していた俺の頭が、その言葉でやっと回り始めた。九年前に直筆原稿の盗難があり、井浦創太が犯人という点は変わらないのだ。

「三ヶ月ほど前です。初子おばさんが亡くなる直前でした……」

頭を下げたままで答える。今は十一月だから八月頃ということになる。井浦清美が例の画像を発見してからそう経っていない。

「ちょうどこの書斎をリフォームしている最中でした。業者の方は出入りしていますし、下手な場所に置けば小柳さんの目に留まるかもしれない。万が一にも人目に触れない場所……それであのキャビネットを思い出したんです。それが工事の後もそのままになっていて……」

あのキャビネットなら二重に鍵がかかる。もともとこの直筆原稿がしまわれていた場所だ。

「もう一つ伺いたいんですけれど……創太さんは九年前に直筆原稿を盗んだのは、誰だと言っていましたか？」

上島乙彦は顔を上げて栞子さんを見た。なぜそんな当たり前のことを訊かれるのか、という怪訝そうな表情を浮かべている。

「初子おばさんです。彼女がこの原稿を自分の書斎に隠していて、それを創太くんが見つけた、と聞いていますが」

俺はぞっとした。井浦創太は自分のしたことを正直に告白したわけではなかった。それどころか、死期の近い祖母に罪をなすりつけていたのだ。

彼の母親が本物の原稿を捜し始めた時期と、原稿を返した時期が近いのも不自然だ。本格的に疑われ始めたのを察知して、慌てて原稿を返したのかもしれない。

「その後すぐに彼女も亡くなりましたし、誰が盗んだのかを暴いても今さら仕方がありません。秘密にしておこうと創太くんと示し合わせたんですが……初子おばさんが盗んだんじゃないんですか？」

（正直あの原稿はもう見つからなくてもいいと思っています）

さっきこの部屋で聞いた言葉が蘇った。確かにこの人は嘘をついたが、それは周囲の人たちへの配慮から来たものだった。井浦創太は善意を逆手に取ったのだ。

「乙彦さん」

栞子さんは重々しく口を開いた。

「九年前、この原稿を盗んだのは創太さんです」

「え……」

上島乙彦の顔がさっと青ざめた。真相にはまったく気付いていなかったようだ。

「乙彦おじさん！　待って下さい！」

ドアが大きく開け放たれ、井浦創太が入ってくる。せかせかした動きで椅子に腰かけると、まだ呆然としている家主に向かって語りかける。

「これは濡れ衣です。俺はこの原稿を盗んでなんかいません……」

「あなたです、創太さん。他に誰がいるというんですか」

栞子さんがぴしゃりと言う。ふと、俺は井浦清美が書斎に来ていることに気付いた。彼女はドアのそばに立って、きつく唇を噛みしめている。

「祖母の初子ですよ。決まってるでしょう」

井浦創太はまったく怯まなかった。

「彼女にこの原稿を盗む理由はありません。けれども、あなたにはありました。ご自分でもお分かりのはずですよ」

手を伸ばした栞子さんが原稿用紙をひっくり返す。俺は息を呑んだ。そこにも文章が書かれていた。その一部が目に飛びこんでくる。

でも、むつかしければむつかしいほど、あたしは踏みとゞまらねばなりません。ちかごろ島にも復員で、おひおひ若いひとがかへつて來ます。そのなかからよいお婿さんをさがし出して

「……なんですか、これ」

俺は栞子さんに尋ねる。裏側にも文章が書かれていることに、まったく気付いていなかった。そういえば屋敷の物置を出る前、栞子さんは原稿をひっくり返して長い間眺めていた。

「これは『獄門島』のエピローグの一節です。おそらく清書する前の草稿の一つでしょう。横溝は終戦後の紙不足の時代、古い原稿用紙の裏を他の作品の執筆に使うことがありました。これは『雪割草』の直筆原稿であり、同時に『獄門島』の直筆原稿でもあるんです」

（こうやって反故にした古い原稿用紙を他のものに再利用することもあった）

俺はヒトリ書房で井上から聞いた言葉を思い出していた。あの時、井上はちゃんと説明してくれていた。他の原稿の執筆に「再利用」していたと俺が思い至らなかっただけだ。当然栞子さんも——ここにいる二人の横溝マニアもそれを知っていた。

「さっきこのテーブルで偽の原稿を出した時、乙彦さんも創太さんも真っ先に裏側を確かめられたのが気になりました。裏側に別の作品が書かれていることを分かった上での行動に思えたんです」

デジカメの画像を参考に作られた『雪割草』の偽原稿には裏側の『獄門島』はなかった。二人にはすぐに単なる模写だと気付かれてしまったわけだ。

栞子さんは再び井浦創太に視線を定めた。

「『獄門島』のエピローグはこの傑作の中でも屈指の名場面です。金田一もの、それも『獄門島』をベストに選ぶあなたなら、喉から手が出るほど欲しい一枚でしょう。当時あなたが使っていたデジカメにも、この原稿用紙の画像は残っていますよ」

「知らないですよ。あのデジカメは家族旅行の時なんかにも使っていて、祖母も時々借りていました。祖母が撮影したんじゃないですか？」

「いい加減にしなさい！」

こらえきれなくなったように井浦清美が叫んだ。

「お祖母ちゃんは乙彦さんに原稿を返すために計画を立てたのよ。できるだけ穏便に……あなたがなるべく罪に問われずに済むよう知恵を絞っていた。お祖母ちゃんが盗んだのだったら、自分で返しているわ」

「……忘れてたんじゃないかな、あの人は」

井浦創太は薄笑いを浮かべる。母親は二の句が継げない様子だった。

「亡くなる前は、時々意識がはっきりしなかったじゃないか。記憶だって曖昧になってたはずだ。自分が盗んだことを忘れて、それを捜してたんだと思うけどね。お祖母ちゃんならやりかねない」

あくまで彼は強弁を続ける。九年前、井浦初子が他人に罪をなすりつけていた姿にそっくりだ——ただ、たちの悪いことに一応の筋は通っている。さっき栞子さんが言った通り、今回の件に明確な証拠はないのだ。

「第一、俺が犯人だとしたらそれこそおかしい。盗んだものならずっと隠していますよ。わざわざこんな風におじさんに返すわけが……」

「そうする理由はあります」

鋭い声で遮った栞子さんが、ぐるりと室内を見回した。大小の背表紙が俺たちに向いている。

「あなたも収集に協力している、この充実した横溝コレクションです。いつか乙彦さんが亡くなった時、蔵書を相続するのは実の娘さんです。けれどもあなたにも手に入れるチャンスはあります……乙彦さんに取り入って贈与を受けることです。乙彦さんが秋世さんから『雪割草』を譲られたように」

この場では口に出さないだろうが、正式にこのコレクションを相続する方法はもう一つある。井浦清美が上島乙彦と結婚することだ。その可能性を確かめるために、彼女に結婚のことを問いただしたのだろう。

「このコレクションが手に入るなら、直筆原稿を一時手放すのは悪い選択ではありません。ここに入り浸っているあなたなら、どうせ自由に原稿を見ることができます。未来への投資と考えれば……」

「さっきから勝手なことばかり言いやがって！　そんなに俺に罪を着せたいなら、証拠を出してみろ証拠を！」

井浦創太は息を荒げて、拳でガーデンテーブルを叩いた。『雪割草』の直筆原稿が怯えたようにぶるっと震える——九年前にも同じような光景を見た気がした。

水のように重い沈黙が書斎に満ちた。

「……ぼくは、誰にも罪を着せるつもりはない」

ぽつりと上島乙彦がつぶやいた。

「九年前のことには、なんの証拠もない……確かに君の言うとおりだ」

井浦創太の顔に安堵と歓喜が広がる。なにか声を発する前に、家主は淡々と続けた。

「けれどもあの時、母とぼくの関係は完全に壊れた……上島家そのものが壊れたと言っていい。原稿を盗んだ人間のせいだ」

彼は目の前の犯人を見据える。見られた側はうつむいて視線を逸らした。

「あの事件の傷が癒えるまで、九年かかった。九年は短い時間じゃない。ぼくのように老いてきた人間にとってはなおさらだ」

しわの浮いた手が、テーブルの上の直筆原稿を静かに引き寄せた。井浦創太は反射的にそれを目で追う。

「君が『雪割草』を嫌っているのは知っている。確かにこれは探偵作家だった横溝が、自由に創作できる環境を失って、家族を養うために仕方なく書いたものだ。けれども、この小説には横溝の家族観や職業意識が反映されている……意に染まない仕事だったとしても、時として作家の生の感情は滲むものだと思う。

読者もそういう部分に強く惹かれることがある。秋世伯母さんも、母も、初子おばさんも……そしてぼくも、だからこそ『雪割草』を愛してきた」

咳一つ聞こえない書斎に、上島乙彦の言葉だけが流れていく。窓の外では秋の日が傾き始めていた。

「そういう感情の分からない、君のような人間にこの原稿は渡せない。他の蔵書もすべてだ」

殴りつけられたように井浦創太の唇がわななないた。みるみるうちに顔から血の気が引いていく。次の瞬間、声もなく椅子を蹴って書斎から飛び出していった。

「創太！」

母親の呼びかけにも答えず、階段を駆け下りていった。玄関のドアが激しく音を立て、再び静かになった。

「乙彦さん、ごめんなさい……」

長い沈黙を破ったのは、井浦清美の謝罪だった。

「母も、創太も……あなたに……なんてお詫びすればいいか……」

彼女は涙を流していた。静かに立ち上がった上島乙彦は、子供を落ち着かせるように背中を軽く叩いた。

「清美くんはなにも悪くないよ」

不器用に笑いかけてから、静かな声でつぶやいた。

「九年前は許せなかった。今も、すぐには許せない……でも、もう九年経てば分からない……もしその時、彼が変わっていたら、もう一度ぼくのところに連れてきて欲しい」

その後はもう、誰も口を開く者はいなかった。井浦清美のすすり泣きだけがいつまでも続いた。

俺と栞子さんは夕日に照らされた御成通りを歩いている。

上島乙彦の家を出た後、なんとなく鎌倉駅まで歩くことになったのだ。

「さっきの原稿にあった『獄門島』のエピローグ、どんな場面か知っていますか？」

「……なんでしたっけ」

ドラマ版では見た気はするが、はっきりとは思い出せなかった。

「すべての事件が解決した後、生き残った一人の若い女性が、金田一に自分の決意を語るくだりです」

「あっ、そうだ……東京に来ないかって金田一に誘われて、断るんでしたね」

金田一ものにしては珍しく、恋愛要素がある物語だった。

「ええ。自分は島に生まれた者だから、島に残って家を継ぐと……よそ者である金田一に惹かれつつも、島の掟に従って彼と断絶する、物悲しい結末です……終盤で雪崩を打つように皆が和解し合う『雪割草』とは反対ですね。それこそ、表と裏のように」

長い影を引きずるようにして、俺たちはしばらく黙って歩いた。

「……でも、二つとも同じ作者が書いた小説なんですよね」

ふと、どちらともなくつぶやく。

人間はそう簡単に生まれ持ったものから逃れられないが、先のことを自分で選ぶ余地がないわけではない。九年後ならなおさらだ。

もう九年経つと、栞子さんも俺も四十代になっている。なにごともなければ、今と同じく北鎌倉で店を続けているはずだ。上島家と井浦家の人たちがどうなっていくのか、きっと見届けられるだろう。

通りの先に昼時に井浦清美と入った洋菓子店が見えてくる。

ふと、北鎌倉で俺たちの帰りを待っている娘のことを思った。ただ本を読み耽っているだけだろうが、一人で留守番をしてくれたことに変わりはない。

なにか土産があってもよさそうなものだ。

「あそこのレーズンサンド、買っていきますか」

店の看板を指差すと、栞子さんはにっこり笑った。

「わたしも同じことを言おうと思ってました……帰ったらみんなで食べましょう」

背中に温かな日射しを感じながら、俺たち夫婦は並んで歩いていった。

エピローグ

「ふう……」

もぐら堂カフェのテーブル席で、扉子は二冊目の『マイブック』を閉じた。

一部が箇条書きになっていたり文章が途中で切れたりしていて、小説のように読みやすくはない。けれども九年の歳月を隔てて、『雪割草』で二つの事件が起こった事情は分かった。自装本と直筆原稿、それぞれに起こった事件だったわけだ。

母から戎光祥版の『雪割草』を借りて読んだ頃のことは憶えている。二〇二一年のあの時、両親がこんな事件に関わっていたとは知らなかった。あれからさらに数年が経った今、上島家と井浦家の人々がどうなったのかも気になるが、それよりも気になっていることがある。

今日、扉子は祖母の篠川智恵子に二〇一二年と二〇二一年の事件手帖を持ってくるよう言われてこのカフェへ来た。二冊を読んだ今も理由が分からない――。

「……読み終わった？」

突然話しかけられて、扉子はぎょっと顔を上げた。喪服じみた黒いジャケットを羽織り、濃い色のサングラスをかけた女性が、いつのまにか向かいの席に座っている。

祖母の篠川智恵子だった。母と顔はよく似ているが、背中まで伸ばした長い髪には綺麗に白い色が交じっている。まるで生まれた時から灰色の髪を持っているようだった。

「う、うん……久しぶり」

サングラスの奥に、大きく見開かれた両目がうっすら見える。扉子の背中に冷や汗が噴き出した。こちらの動きの一つ一つをじっと見られている。

自分自身が読み取られている気分だった。

「これ、持ってきた」

扉子は二冊の『マイブック』を祖母の方に押しやった。テーブルには空になったコーヒーカップが置かれている。一体いつから自分を見ていたのだろう。まったく気配を感じなかった。

「ありがとう」

祖母は礼を言いつつ、手に取ろうとはしない――ただじっと扉子を見ている。負けまいと視線を合わせているうちに、はっと息を呑んだ。

祖母はこの事件手帖を読みに来たわけではない。さっき読んだ事件手帖の内容と、祖母の言葉が頭の中で次々に繋がっていった。

「……今日、わたしにここへその本を持ってこさせたのは」

気が付くと扉子は口を開いていた。

「わたしに読ませるためだったんでしょう？」

だから待ち合わせ場所を扉子行きつけのカフェにして、自分はなかなか現れなかった。篠川智恵子はくすりと笑った。

「……それで？」

「その二冊に書かれている以上のことを読み取れるか、わたしを試そうとしてる……隠された事実に、どこまでわたしが気付けるか」

言葉を引きずり出されるように、扉子は語り始めた。これまでになく頭が冴え渡り、次々と記憶が蘇ってくる。

「さっき電話で『二〇一二年と二〇二一年に起こった横溝正史の『雪割草』事件について』確認したいっておばあちゃんは言ってた……でも、お父さんも書いてるように、この事件に関わった人たちは第三者になにが起こったか話してない。関わった人たち同士で話してるだけで。

だから、二〇一二年と二〇二一年に事件があったなんて、普通は分かりっこない。もし、この中の誰かから話を聞くことができるとしたら……」

一旦言葉を切って、扉子は深く息を吸いこんだ。

「おばあちゃんも関係者の一人だった場合だけ」

おそらく父親が事件手帖を貸したのも、それを知っているからだ。

篠川智恵子はサングラスを外す。目元には思ったよりも人懐っこい笑いじわが寄っていた。

「……それで？」

「事件手帖で存在は触れられているけど、誰なのか分からない人物で……どちらの事件の関係者からも情報を得られそうな人物は一人だけ。『雪割草』の自装本を査定して、上島秋世さんに直筆原稿を売った古書業者。これ、おばあちゃんでしょう？」

「ええ、その通りよ」

あまりにもあっさり認めたので、扉子は拍子抜けした。

「秋世さんとは個人的な繋がりがあって、仕事として依頼を受けたの。それで、なんのためにわたしが直筆原稿を売ったと思う？」

「ここには売り買いがあったように書かれているけれど、支払いはお金じゃないと思う。二〇一二年の事件の時、お母さんが求めた報酬と同じ……『雪割草』を読ませてもらうこと」

当時、『雪割草』は題名と原稿の一部しか存在を知られていなかった。そんな幻の作品と遭遇したら扉子でもそうする。目の前の本を読まないという選択肢が、篠川家の人間にあるわけがないのだ。

「……よく分かったわね。栞子や大輔くんも、かなり長い間気付かなかったのに」

直筆原稿の購入を勧めている祖母の姿が目に浮かぶようだった――

甥御(おいご)さんは横溝正史の大ファンとおっしゃっていましたね。もしこの直筆原稿も一緒にお贈りになれば、きっと喜ばれると思いますよ……いいえ、代金は結構です……ただ、読ませていただけませんか?

扉子はごくりと唾を呑みこんだ。

「……一つ、質問があるんだけど」

「なにかしら?」

「その時渡した『雪割草』の直筆原稿……本物なの?」

事件手帖でも触れられているように、『雪割草』の直筆原稿が古書店で売られていたという話は聞かない。それだけならまだしも、裏が『獄門島』のハイライトとも言えるエピローグの草稿というのは、あまりにもできすぎている。

祖母は何十年ものキャリアを持つプロの古書業者だ。誰にも真偽を見破れない、完璧な偽原稿を作れるのではないか。もしここに登場する「本物」の直筆原稿も、実は偽物だったとしたら——今目の前にいるこの人が、上島家と井浦家が壊れるきっかけを作った張本人ということになる。

扉子は息を詰めて答えを待つ。祖母は音もなく椅子から立ち上がった。

「また、遊びに来るわね」

笑顔を浮かべたまま、再びサングラスをかけた。

「……近いうちに」

低い声でそう言い残して、出口に向かって歩いていった。祖母の姿が見えなくなった後も、扉子はしばらく身動きできなかった。体が冷え切っているのに、頭の芯だけが熱く昂ぶっている。

祖母と会うのは恐ろしく、そして楽しかった。

別れ際の言葉通り、近いうちにまた語り合う予感がする。

様々な本について——そして、ビブリア古書堂の事件手帖について。

参考文献（敬称略）

横溝正史『雪割草』（戎光祥出版）
横溝正史『獄門島』（角川文庫）
横溝正史『病院坂の首縊りの家』（角川文庫）
横溝正史『鬼火』（角川文庫）
横溝正史『犬神家の一族』（角川文庫）
横溝正史『呪いの塔』（角川文庫）
横溝正史『悪魔の手毬唄』（角川文庫）
横溝正史『八つ墓村』（角川文庫）
横溝正史『悪魔が来りて笛を吹く』（角川文庫）
横溝正史『夜光怪人』（角川文庫）
横溝正史『〈少年少女〉名探偵金田一耕助シリーズ1～10』（朝日ソノラマ）

横溝正史『探偵小説五十年』（講談社オンデマンド）
横溝正史『真説　金田一耕助』（毎日新聞社）
横溝正史『横溝正史自伝的随筆集』（角川書店）
横溝正史　小林信彦『横溝正史読本』（角川書店）
角川書店編『横溝正史に捧ぐ新世紀からの手紙』（角川書店）
森英俊　野村宏平編『少年少女　昭和ミステリ美術館』（平凡社）
杉本一文『杉本一文『装』画集～横溝正史ほか、装画作品のすべて』（アトリエサード）
江藤茂博　山口直孝　浜田知明編『横溝正史研究1～6』（戎光祥出版）
『世田谷文学館収蔵資料目録1　横溝正史旧蔵資料』（世田谷文学館）
昭和探偵小説研究会編『横溝正史　全小説案内』（洋泉社）
小嶋優子&別冊ダ・ヴィンチ編集部『金田一耕助 The Complete』（株式会社メディアファクトリー）
中川右介『江戸川乱歩と横溝正史』（集英社）
『マイブック―2012年の記録―』（新潮文庫）
久生十蘭『母子像・鈴木主水』（角川文庫）

あとがき

私の頭の中には『ビブリア』用の箱があります。

こういうエピソードを書こうとか、こういう本を取り上げようとか、断片的なアイディアが無造作に放りこまれています。大半は単なる思いつきの類いです。さあ書くぞ、となった時にそれらを組み合わせたり、補強したりしながら一冊分のお話をひねり出していくわけですが、形にならなかったものは「保留」ということでまた箱に戻されていきます。

最も長い時間、「保留」になり続けていたのが横溝正史でした。

横溝正史は日本を代表する本格推理作家であり、時代小説や児童小説など、多彩なジャンルを書きこなし、最晩年まで長編を生み出す筆力を維持し続けていた希代のストーリーテラーです。古書ミステリーというジャンルでどれを取り上げて、どういうエピソードにするべきか、決めるまで長い時間が経ってしまいました。他にも取り上げたい古書の候補はいくつもあったんですが、泣く泣くカットせざるを得ませんでした。いずれ機会があればまたやりたいと思います。

今回も調べるにあたって、多くの方にご協力をいただきました。特に貴重な横溝正史旧蔵資料を見学させて下さり、素人の質問にも丁寧に答えて下さった二松学舎大学の山口直孝先生、『雪割草』関連の資料を見せて下さった世田谷文学館様、そして『獄門島』について重要な情報を提供して下さったカスミ書房さん、誠にありがとうございました。

そしてイラストレーターの越島さん、担当編集者の吉岡さん、コロナウイルス禍の中でこの本の出版に関わって下さった方、今手に取って下さっている皆さんにも、心からのお礼を申し上げます。

毎回あとがきで予告している前日譚もやろうと思っています。別に忘れていませんし、引っ張ってネタにしているつもりもないんですが、なぜかまだ書けていません。近いうちに披露できると思います。今回の本で急成長した扉子が活躍する話も含めて、なるべく早く書きます。次の本もよろしくお願いいたします。

三上　延

<初出>
本書は書き下ろしです。

メディアワークス文庫

ビブリア古書堂の事件手帖II
~扉子と空白の時~

三上 延

2020年7月22日 初版発行
2024年3月5日 3版発行

発行者 山下直久
発行 株式会社KADOKAWA
〒102-8177 東京都千代田区富士見2-13-3
0570-002-301(ナビダイヤル)
装丁者 渡辺宏一(有限会社ニイナナニイゴオ)
印刷 株式会社KADOKAWA
製本 株式会社KADOKAWA

●お問い合わせ
https://www.kadokawa.co.jp/(「お問い合わせ」へお進みください)
※内容によっては、お答えできない場合があります。
※サポートは日本国内のみとさせていただきます。
※Japanese text only

※定価はカバーに表示してあります。

Printed in Japan
ISBN978-4-04-913083-6 C0193

メディアワークス文庫 https://mwbunko.com/

本書に対するご意見、ご感想をお寄せください。

あて先
〒102-8177 東京都千代田区富士見2-13-3
メディアワークス文庫編集部
「三上 延先生」係

私が大好きな小説家を殺すまで

斜線堂有紀

十数万字の完全犯罪。
その全てが愛だった。

突如失踪した人気小説家・遥川悠真（はるかわゆうま）。その背景には、彼が今まで誰にも明かさなかった少女の存在があった。
遥川悠真の小説を愛する少女・幕居梓（まくいあずさ）は、偶然彼に命を救われたことから奇妙な共生関係を結ぶことになる。しかし、遥川が小説を書けなくなったことで事態は一変する。梓は遥川を救う為に彼のゴーストライターになることを決意するが――。才能を失った天才小説家と彼を救いたかった少女、そして迎える衝撃のラスト！　なぜ梓は最愛の小説家を殺さなければならなかったのか？

第26回電撃小説大賞《メディアワークス文庫賞》受賞作

今夜、世界からこの恋が消えても

一条 岬

一日ごとに記憶を失う君と、二度と戻れない恋をした──。

僕の人生は無色透明だった。日野真織と出会うまでは──。

クラスメイトに流されるまま、彼女に仕掛けた嘘の告白。しかし彼女は“お互い、本気で好きにならないこと”を条件にその告白を受け入れるという。

そうして始まった偽りの恋。やがてそれが偽りとは言えなくなったころ──僕は知る。

「病気なんだ私。前向性健忘って言って、夜眠ると忘れちゃうの。一日にあったこと、全部」

日ごと記憶を失う彼女と、一日限りの恋を積み重ねていく日々。しかしそれは突然終わりを告げ……。